Diogenes Taschenbuch 21255

de
te
be

Georges Simenon

# *Der Untermieter*

*Roman*

*Deutsch von*

*Ralph Eue*

Diogenes

Titel der Originalausgabe:
›Le locataire‹

Umschlagfoto: Wilfried Bauer


80/84/8/1
ISBN 3 257 21255 0

# I

Mach doch das Fenster zu!« jammerte Elie und zog sich die Decke bis zum Kinn. »Du bist wohl verrückt geworden?«

»Hier riecht's nach Krankheit«, erwiderte Sylvie, deren nackter Körper sich zwischen Bett und grauem Fenster abzeichnete. »Du hast vielleicht geschwitzt, heute nacht!«

Er zog den Rotz hoch und rollte seinen mageren Körper zusammen, während die Frau in das warme Licht des Badezimmers trat und Wasser in die Wanne rauschen ließ. Für einige Minuten erübrigte es sich zu sprechen, denn das Tosen aus den Wasserhähnen übertönte alles andere. Mit einem Auge sah Elie mal zum Fenster, mal zum Bad. Die Scheibe glitzerte in tückischem Weiß. Frühaufsteher hatten es sicher schneien sehen. Jetzt aber war es elf Uhr, und aus dem gelblichen Himmel, der über den Dächern von Brüssel hing, lösten sich keine Flocken mehr. In der Avenue du Jardin Botanique leuchteten noch die Straßenlaternen und die Lichter in den Schaufenstern.

Von seinem Platz aus konnte Elie gut die schwarz schimmernde Straße sehen, auf der Straßenbahn um Straßenbahn vorbeifuhr. Außerdem fiel sein Blick auf den Botanischen Garten, die liegengebliebenen Schneeflocken, den zur Hälfte gefrorenen Teich und drei Schwäne, die erstarrt in einem Rest dunklen Wassers trieben.

»Stehst du nicht auf?«

»Ich bin krank.«

Sie waren trotzdem bis drei Uhr morgens im ›Merry Grill‹ geblieben. Elie, dessen Nase wund war vom vielen Schneuzen, hatte längst gedrängt, nach Hause zu gehen. Er hatte eine schlimme Erkältung, vielleicht sogar Grippe oder Bronchitis. Er war naßgeschwitzt und fühlte sich wehrlos einer feindlichen Umwelt ausgeliefert.

»Mach das Fenster zu, Sylvie!«

Sie drehte das Wasser ab und durchquerte das Zimmer. Der Badezimmerspiegel war beschlagen.

»Wie van der Chose wohl pennt? Findest du es nicht ulkig, daß er auch im ›Palace‹ wohnt, und direkt neben uns?«

Elie war nicht danach, irgend etwas ulkig zu finden, und er knurrte:

»Ich weiß schon, daß du mich seinetwegen bis drei Uhr auf den Beinen gehalten hast.«

»Idiot!«

Es stimmte zwar, aber es lohnte nicht, darauf zu bestehen. Außer einigen Animierdamen, die vor leeren Gläsern saßen, war fast niemand mehr im ›Merry Grill‹. Die Kapelle musizierte lustlos herum, und Sylvie gähnte. Doch dann wurde ein dicker Holländer von zwei Brüsselern hereingelotst, und alles hatte sich nur noch um sie gedreht.

Der Holländer wollte sich amüsieren. Er hatte ein

helles, fast kindliches Lachen. Nach einigen Minuten saßen bereits vier Frauen bei ihm am Tisch. Champagner floß, und es wurden gute Zigaretten und Havannas geraucht.

Sylvie, die mit Elie an der Bar saß, ließ kein Auge von der lärmenden Gruppe.

»Wenn du krank bist, geh schlafen!«

Er war nicht eifersüchtig, blieb aber trotzdem, vielleicht nur, um sie zu ärgern.

»Ist es van der Chose, der dich interessiert?«

Ein Name, den Sylvie dem Holländer einfach nur so gegeben hatte. Es hatte sie geärgert, die anderen Frauen prassen zu sehen, während sie vor ihrem Gin-Fizz saß. Sie fand sie häßlich.

»Gehn wir!«

Als sie durch die Halle des ›Palace‹ gingen, um zu ihrem Zimmer zu gelangen, waren sie van der Chose begegnet. Es war den Mädchen also nicht gelungen, ihn zu halten. Er kam allein! Im Fahrstuhl bestaunte er Sylvie auf sehr schmeichelhafte Art.

Und Sylvie mußte mit Elie Nagéar schlafen, der schwitzte, eine geschwollene Nase und rote Augen hatte und keinen Sou mehr besaß.

»Was hast du vor, draußen um diese Zeit?«

»Keine Ahnung«, antwortete sie und zog ihre Strümpfe wieder an. »Auf alle Fälle brauch ich Geld.«

»Ich hab keins.«

Bis jetzt war nur im Bad Licht gewesen, und das Zimmer lag gleichsam unter einem grauen Staubschleier. Sylvie machte die Strümpfe an den schwarzen

Strapsen des Strumpfgurts fest und drehte am Lichtschalter. Das Bild, das sich dem Auge im Fensterrahmen dargeboten hatte, verschwamm, bis es fast nicht mehr sichtbar war.

Das Zimmer wurde mit einem Mal luxuriös. Auf dem Toilettentisch, zwischen den großen Leuchtern mit rosa-seidenen Schirmen, glitzerten Glasflakons mit Silbermontierung und kristallene Behälter für Schminkutensilien. Sylvie zog eine dünne Bluse über ihre nackten Brüste.

»Du hast doch noch ein paar hundert Francs.«

»Du wirst wohl deinen Goldklumpen verkaufen müssen«, brummte er, während er sich schneuzte.

Die Berührung seiner strapazierten Haut mit dem Taschentuch war so schmerzhaft, daß er diese Handlung mit äußerster Vorsicht vollzog.

»Glaubst du, daß ich mich davon trenne?«

Er glaubte überhaupt nichts. Er hatte von nichts mehr eine Vorstellung. Er schwitzte. Das Bett roch verschwitzt. Sein Pyjama klebte an der Haut, und das Licht war ihm unangenehm.

Er hatte Sylvie vor zwei Wochen an Bord der ›Théophile Gautier‹ kennengelernt. Sie war auf der Rückreise von Kairo, wo sie in irgendeinem Cabaret Barmädchen gewesen war. Er fuhr von Istanbul nach Brüssel, wo er ein Teppichgeschäft abwickeln wollte: eine Million Teppiche, die vom Zoll zurückgehalten wurden, und verkauft werden sollten.

Es waren nicht seine Teppiche. Die Angelegenheit zog sich schon Monate hin. Zwanzig Zwischenhändler waren darin verwickelt, in Pera, in Athen, und selbst in

Paris. Man wußte nicht mehr, wem die Ware eigentlich gehörte, und wer welchen Anteil zu bekommen hatte.

Elie Nagéar, der Beziehungen in Brüssel hatte, war in das Geschäft eingestiegen und war so zuversichtlich aufgetreten, daß er einen Vorschuß auf seinen Anteil erhalten hatte.

Es war klar: wenn er die Teppiche verkaufte, würde er zweihunderttausend Francs kassieren.

Sylvie reiste zweiter Klasse. Seit dem ersten Tag schwirrten ständig vier oder fünf Männer um sie herum, und sie blieb bis zwei oder drei Uhr morgens an Deck.

Wer ihr den Zuschlag für die erste Klasse gezahlt hatte? Auf jeden Fall war es nicht Nagéar, der sich zu dieser Zeit noch nicht ihrer Freundschaft rühmen konnte. Er hatte kein Glück gehabt. Erst bei der Einfahrt nach Neapel vertraute sie ihm an, daß ihr Ticket nur bis zu diesem Hafen ging.

Er hatte ihr die Strecke Neapel–Marseille bezahlt, sie nach Paris mitgenommen und später nach Brüssel. Nun waren sie seit ein paar Tagen hier, und was die Teppiche betraf, gab es keine Hoffnung mehr.

Elie war obendrein noch krank und hatte kaum mehr tausend Francs in der Tasche. Er hatte den Kopf halb unter der Decke, doch mit einem Augen fixierte er Sylvie, die sich gerade Lippenstift auftrug.

»Ich frage mich, was du um diese Zeit draußen vorhaben kannst?«

»Das ist meine Sache.«

»Es sein denn, du willst van der Chose treffen.«

»Warum nicht?«

Er war nicht mehr eifersüchtig. An Bord war er es noch gewesen, denn die Männer stritten sich um Sylvie, und jeder an Bord wußte Bescheid, was sie gerade trieb.

Inzwischen kannte er sie besser. Er hatte sie im Bett gesehen, morgens, wenn man ihre Sommersprossen unter den Augen besser erkennen konnte und sich das Gewöhnliche ihres Körpers enthüllte.

»Gib mir Geld«, sagte sie und zog dabei ihren engen Rock über die Hüften.

Er rührte sich nicht, selbst als sie seine Brieftasche aus seiner Jackentasche zog. Er sah, wie sie vier, fünf, sechs Hundert-Franc-Scheine abzählte und in ihre Tasche steckte. Unentwegt fuhren Straßenbahnen mit ihren großen Lichtern die Avenue du Jardin Botanique rauf und runter.

»Soll ich dir was bestellen?« Sie drehte sich ihm befremdet zu. »Auch gut! Wenn du nicht willst... Du bist blöd!«

Nein, er antwortete nicht. Er sah sie mit einem Auge an, und sie ärgerte sich, weil sie nicht wußte, was er dachte.

»Bis heut abend.«

Er rührte sich nicht, selbst als sie sich ihren Pelzmantel über die Schultern warf.

»Sagst du mir nicht auf Wiedersehen?«

Sie löschte das Licht im Badezimmer, suchte ihre Handschuhe, und ihr Blick fiel auf das trostlose Panorama des botanischen Gartens.

»Dann eben nicht!«

Er war nicht mehr derselbe. An Bord der ›Théophile

Gautier‹ machte er einen jungen, eleganten Eindruck. Er war ein junger Kerl von fünfunddreißig Jahren, sehr schlank, mit schwarzen Haaren und einer etwas zu starken Nase.

»Bist du Türke?«

»Ich bin portugiesischer Herkunft.«

Er war geistreich, oder eher: er besaß einen bestechenden Skeptizismus. Nachdem sie ihm gesagt hatte, daß sie Tänzerin war, wollte er wissen, in welchem Cabaret in Kairo sie gearbeitet hatte.

»Im ›Tabarin‹.«

»Tausend Franc im Monat und Prozente beim Champagner«, wußte er.

Es stimmte genau! Er kannte Kairo. Er kannte auch Bukarest, wo sie zwei Monate im ›Maxim‹ gewesen war. Er erzählte ihr von den Männern, mit denen sie Geld verjubelt hatte.

»Bist du reich?«

»Ich werde zweihunderttausend Franc kassieren, wenn ich nach Brüssel komme.«

Von wegen! Es war aus! Er war krank! Er war trübsinnig! Er war häßlich!

»Bis heut abend.«

Sie ließ ihre Sachen da. Im Vorbeigehen warf sie einen Blick auf van der Choses Tür und sah dicke holländische Zeitungen aus seinem Briefkasten ragen.

Elie dachte nicht weiter an sie. Er betrachtete die Zimmerdecke, dann das Fenster, dann die erloschenen Lampen. Er zögerte das Naseputzen hinaus, denn es würde ihm weh tun. Er fühlte, wie ihm der Schweiß ausbrach und den Körper entlangrann.

»Ich möchte einen Wagen«, sagte sie zum Portier.

»Ein Taxi?«

»Ich will nach Charleroi fahren.«

»Dann werde ich Ihnen einen Mietwagen bestellen.«

Auch die Halle war erleuchtet. Sylvie wartete und ging vor den kupfergefaßten Vitrinen auf und ab. Kurze Zeit später nahm sie in einem alten herrschaftlichen Wagen Platz, der von einem livrierten Chauffeur gefahren wurde.

»Fahren Sie mich zuerst zum ›Bon Marché‹.«

Im ›Bon Marché‹ hatte man die milchgläsernen Kugellampen angeschaltet. Es war weder Tag noch Nacht. Durch die Drehtüren drang Kälte ins Innere. Die Verkäuferinnen trugen wollene Unterhemden unter ihren Kleidern.

Sylvie wußte nicht recht, was sie wollte. Sie kaufte blaue Lederpantoffeln, einen Pullover, zwei Pfeifen, kunstseidene Strümpfe und eine Handtasche. In ihrem Pelzmantel machte sie den Eindruck einer vornehmen Dame.

»Das sind Geschenke«, erklärte sie der Verkäuferin, die ihr die Pakete zum Auto trug.

Das Auto fuhr aus der Stadt in Richtung Charleroi. Im Wald lag noch Schnee. Die Scheiben des Autos beschlugen. Sylvie wischte sie mit der Hand frei, um die Gegend betrachten zu können, besonders als die ersten Kohlehalden und Siedlungen auftauchten.

Als sie in die Stadt kamen, öffnete Sylvie ihre Tasche und erneuerte ihr Make-up.

»Biegen Sie links ab!« sagte sie. »Jetzt über die Brücke! Fahren Sie den Straßenbahnschienen nach!«

Neben den großen, schwarzen Kohlehalden, die wie Kegel gen Himmel ragten, waren noch, wie Ekzeme, einige Schneeflecken übriggeblieben. Sie fuhren eine endlose Straße entlang, die von gleichaussehenden eingeschossigen Häusern gesäumt war, deren rotbraune Ziegel schwarz geworden waren. Manchmal schwebten Förderkörbe über die Straße, oder es kreuzte ein kleiner Zug, und vorn auf der Lok stand ein Arbeiter, der ein rotes Tuch schwenkte.

Hier war weder Stadt noch Land. Zwischen zwei Häusern tat sich eine Art Niemandsland auf, doch es war kein Niemandsland, sondern eine Zeche. Es war eine einzige, endlose Fabrik. Maschinenkeuchen war zu hören.

»Halten Sie vor Nummer 53.«

Das Haus sah aus wie alle anderen. Im Fenster des Erdgeschosses hingen sehr weiße Gardinen, die einen Kupfertopf umrahmten, aus dem eine grüne Pflanze wuchs. Der Chauffeur wollte klingeln.

»Nein! Nehmen Sie die Pakete!«

Sylvie klapperte am Briefschlitz und lugte dabei durch das Schlüsselloch. Eine Frau um die vierzig machte die Tür auf und musterte einen Moment lang die Besucherin und streifte dabei immer weiter ihre feuchten Hände an der blauen Leinenschürze ab.

»Erkennst du mich nicht, Mama?«

Sylvie umarmte sie. Ihre Mutter ließ es geschehen, mehr verblüfft als gerührt, und sah dann den Chauffeur an.

»Was ist das?«

»Ein paar Mitbringsel... Geben Sie her, Jean! Sie können in der Stadt essen gehen. Kommen Sie danach wieder und holen Sie mich ab.«

Am anderen Ende des Korridors war die Glastür zur Küche offen. Man konnte einen jungen Mann erkennen, der seine Füße in der Backröhre hatte und ein Buch auf den Knien hielt.

»Monsieur Moïse«, stellte die Mutter vor.

Es klang, als zögerte sie fortzufahren.

»Meine Tochter, eben aus Ägypten zurück... Es war doch Ägypten, wo du zuletzt warst?«

Monsieur Moïse war aufgestanden, entfloh in die erste Etage.

»Vermietest du immer noch möblierte Zimmer?«

»Was glaubst du, wovon wir leben?«

Ein riesiger Suppentopf stand auf dem Herd und daneben eine Kaffeekanne, die immer voll war. Sylvie hatte ihren Mantel über einen Stuhl gehängt, und ihre Mutter strich ganz sachte über den Pelz.

»Warum hast du dem Chauffeur gesagt, er soll wiederkommen?«

»Ich muß wieder weg.«

»Aha!«

Jetzt füllte Madame Baron eine Tasse Kaffee, ganz automatisch, so wie sie es immer machte, wenn jemand bei ihr reinschaute. Sie trug Arbeitskleidung: ein altes, dunkles Kleid und eine blaue Leinenschürze. Sylvie öffnete ihre Pakete und packte die Pantoffeln aus.

»Gefallen sie dir?«

»Glaubst du denn, heute ist Karneval?«

»Wo ist Antoinette?«

»Sie macht gerade die Zimmer.«

»Nein!«

Antoinette, einen Eimer und einen Scheuerlappen in der Hand, kam herunter, betrachtete ihre Schwester.

»Verdammt!« kam es aus ihr heraus.

»Was?«

»Ich sagte, verdammt. Wie du aufgedonnert bist...«

Sie umarmten sich flüchtig, und Antoinette blinzelte verstohlen zu den blauen Pantoffeln.

»Sind die für mich?«

»Wenn Mama sie nicht will... Dir habe ich Strümpfe mitgebracht, einen Unterrock...«

Ohne Begeisterung packte Sylvie weiter aus. Eine Pfeife fiel runter und ging zu Bruch.

»Kommt Vater bald?«

»Nicht vor heute abend. Er fährt den Ostende-Zug. Ich hoffe, du wartest auf ihn.«

»Heute nicht. Ich komme wieder.«

Ihre Mutter musterte sie mißtrauisch. Ihre Schwester saß mit ihren staksigen Beinen auf einem Stuhl. Sie hatte den Rock geschürzt und probierte die neuen Strümpfe an. Suppengeruch hing in der Küche, und man hörte das gleichmäßige Geräusch von brodelndem Wasser und einem gut ziehenden Feuer.

»Sind alle Zimmer belegt?«

»Hast du das Schild nicht gelesen? Eins ist noch frei. Das im Erdgeschoß. Das teuerste natürlich. In diesen Zeiten haben die Ausländer keinen Sou. Du hast ja Monsieur Moïse gesehen. Er kommt zum Lernen in die Küche, um Kohlen zu sparen. Deck den Tisch, Antoinette! Wir essen, bevor die Mieter zurückkommen.«

»Kochst du noch für sie?«

»Zwei essen zu Mittag. Ansonsten wollen sie heißes Wasser für Kaffee oder zum Eierkochen und machen Dreck in ihren Zimmern.«

Madame Baron war klein und untersetzt. Antoinette, kleiner und schlanker als ihre Schwester, hatte unregelmäßige Gesichtszüge und helle Augen, die immer lachten.

»Legst du dir jetzt Rouge auf?« bemerkte Sylvie.

»Warum sollst du es benutzen können und ich nicht?«

»Das steht dir nicht. In deinem Alter...«

»Du hast dich selbstverständlich noch nicht geschminkt in meinem Alter!«

Ihre Mutter schob die Suppe an den Herdrand. Es war heiß. Durch das Fenster sah man auf einen kleinen Hof, und vom Dach fielen dicke, durchsichtige Tropfen geschmolzenen Schnees.

Die Hand über der Sprechmuschel raunte der Portier des ›Palace‹ in Brüssel ins Telefon:

»Hallo! Monsieur van der Cruyssen? Monsieur Blanqui ist unten. Er möchte Sie gerne sprechen. Darf ich ihn hochschicken...? Würden Sie bitte hinaufgehen, Monsieur? Zimmer vierhundertdreizehn, im vierten.«

Elie hatte sich endlich doch aus den verschwitzten Laken gequält. Er hatte sich einen Seidenschal um den Hals gelegt und Pantoffeln angezogen. Er wußte weder, wo er sich hinsetzen, noch, was er tun sollte. Er hatte gehört, daß im Nebenzimmer telefoniert wurde.

Einen Moment lang blieb er am Fenster stehen und betrachtete die dreckiggraue Stadt und den Teich, in dem sich die Schwäne langweilten. Der Lärm der Straßenbahnen und Autos hallte in seinem leeren Kopf wider.

»Herein!«

Das war nebenan. Die zwei Appartements, die man bei Bedarf zusammenlegen konnte, waren lediglich durch eine verriegelte Tür voneinander getrennt. Die Stimmen waren genauso deutlich zu hören wie das lästige Gebimmel der Straßenbahnen.

»Wie geht es Ihnen? Ich komme zu spät, aber ich mußte noch zur Bank.«

Elie hörte, ohne zuzuhören. Ihm war heiß und kalt. Er war drauf und dran, ein Bad zu nehmen, konnte sich aber nicht aufraffen.

»Sie fahren noch heute nacht?«

»Mit dem letzten Zug nach Paris. Was trinken Sie? Porto?«

Die Stimme telefonierte mit dem Zimmerkellner.

Als aufgelegt wurde, rief auch Elie an und bestellte einen Grog. Er besah sein Gesicht im Spiegel, erstaunt, es so häßlich zu finden. Allerdings war er auch unrasiert, und der malvenfarbene Schal betonte sein verdrießliches Gesicht.

»Gemäß Ihrer Anweisung habe ich französische Scheine genommen.«

Elie bückte sich, um durchs Schlüsselloch zu sehen. Er erkannte einen kleinen Mann, der wie ein Buchhalter aussah und nun sechs Bündel Banknoten auf den Tisch im Nachbarzimmer legte.

»Zählen Sie bitte nach!«

Monsieur van der Chose, in einem schwarzseidenen Morgenrock und roten Lederschuhen, zählte mit der Routine eines an den Umgang mit Banknoten gewohnten Mannes jedes Bündel fix durch und öffnete dann eine Schweinsledertasche, in der er die Scheine verstaute.

»Herein!«

Es war der Zimmerkellner mit einer Flasche Portwein und einer Flasche Rum. Der Rum war für Elie. Er trat einige Schritte zurück und sagte, als er an der Reihe war, ebenfalls:

»Herein!«

Bei den Barons fing man mit dem Mittagessen an, doch die Mutter blieb mißtrauisch stehen und bediente ihre Töchter und die beiden gerade zurückgekommenen Mieter, Monsieur Domb und Monsieur Valesco. Neugierig betrachteten die beiden Männer Sylvie; sie grinste über deren Verwunderung und über Antoinettes griesgrämige Miene.

»Sie kennen Bukarest?« brummte Plutarch Valesco, ein Rumäne.

»Ebensogut wie Sie! Ich kenne sogar fast alle Ihre Minister.«

»Es ist ein schönes Land, finden Sie nicht?«

»Mag sein, aber alle sind abgebrannt.«

Elie saß auf der Armlehne seines Lehnstuhls, trank löffelweise seinen heißen Grog und betrachtete die Avenue du Jardin Botanique, die während der Mittagspause von einer großen Menschenmenge bevölkert war. Aus dem gelben Himmel fielen wieder winzige Schneeflocken.

»Auf Wiedersehen … Gute Fahrt!«

»Danke … Bis Mittwoch!«

Und im Badezimmer von Monsieur van der Chose rauschte Wasser in die Wanne.

Es war kaum halb vier an jenem Tag, als die Nacht plötzlich einbrach und Elie auf seinem Bett liegend vorfand, den Blick an die Decke gerichtet, wo die Lichtreflexe der Straße tanzten.

Um vier Uhr sah ihn der Portier vorbeigehen, dem auffiel, daß er unrasiert war. Vielleicht hatte er noch nicht einmal frische Wäsche an, denn er machte einen etwas verknitterten Eindruck.

»Soll ich etwas ausrichten, wenn Madame zurückkommt?«

»Nichts … Ich komme zurück!«

Er hatte rote Flecken auf den Wangen, wie ein Schwindsüchtiger.

Das Auto fuhr die Straße entlang, und die Scheinwerfer erhellten die verregnete Landschaft. Die Scheibe zwischen Fahrgastraum und Fahrer war geöffnet.

»Ich bin hier ganz in der Nähe geboren, in Marcinelles«, erklärte dieser. »Ich habe die Gelegenheit benutzt, um meinen Bruder zu besuchen. Ich habe mir gedacht, daß Sie es nicht eilig haben.«

»Was macht er?«

»Nichts Besonderes. Er ist Angestellter im Gaswerk.«

Sie fuhren nach Brüssel rein. Vorbei an erleuchteten

Cafés. Um Verkehrsinseln, auf denen die weißen Helme der Polizisten leuchteten.

»Monsieur ist eben ausgegangen«, erfuhr Sylvie vom Portier, als sie zum Lift ging.

»Ach. Hat er nichts gesagt?«

Acht Uhr. Er war immer noch nicht zurück. Sie ging hinunter zum Grill und nahm zwei Tische neben van der Chose Platz. Sie aß nur einen Hummersalat und spürte zehnmal die taxierenden Blicke des Holländers. Doch als sie ging und in der Halle von einer Auslage zur anderen spazierte, folgte er ihr nicht.

Sie fuhr wieder hoch. Kurz danach hörte sie, wie im Nebenzimmer Koffer gepackt und dem Zimmerdiener Anweisungen gegeben wurden.

»Nein, nicht zum Schlafwagen! Es war alles besetzt. Liegewagen erster Klasse. Halten Sie mir einen Platz in Fahrtrichtung frei.«

Sie zog sich um und seufzte. Sie war erschöpft, vielleicht sogar niedergeschlagen. Elie kam nicht. Sie zählte das Geld, das sie noch in der Tasche hatte: hundertfünfzehn Franc.

Ohne recht zu wissen, wohin sie ging, lenkte sie ihre Schritte zum Lift. Unten blieb sie beim Portier stehen, um ihren Schlüssel abzugeben.

»Schade, daß er wegfahren muß!« sagte er ihr, als wären sie schon immer Freunde gewesen.

»Warum?«

»Er hat sich bei mir nach Ihnen erkundigt. Er ist sehr beeindruckt. Aber Monsieur Elie mag er nicht.«

Sie zuckte die Schultern, nahm eine Zigarette, und er gab ihr Feuer. In diesem Moment verließ van der Chose den Fahrstuhl, zögerte einen Moment, ging zum Portier und sagte zu der jungen Frau:

»Sie gestatten!«

»Sie reisen schon ab?« fragte der Chefportier.

»Es muß sein!«

Er legte ein besonderes Gewicht in diese Worte und sah kurz zu Sylvie hinüber. Gleichzeitig drückte er dem Portier einige zerknüllte Scheine in die hohle Hand.

»Bis nächste Woche ...«

Er ging durch die Halle davon. Nach zehn Schritten blieb er noch einmal stehen, drehte sich um und ging dann mit einem Schulterzucken zur Drehtür.

»Das ist einer der großen Amsterdamer Financiers«, sagte der Portier zu Sylvie. »Er kommt immer mittwochs. Wenn Sie nächste Woche noch hier sind ...«

Sie schlug die Augen auf und seufzte:

»Wenn Monsieur Elie zurückkommt, sagen Sie ihm, daß ich im ›Merry Grill‹ bin ... Oder besser, sagen Sie ihm gar nichts. Ich werde ihn lehren, mich sitzen zu lassen ... Hoteldiener! Ein Taxi.«

Es schneite in dicken Flocken, die schmolzen, sobald sie den Asphalt berührten. Züge pfiffen hundert Meter weiter auf den Gleisen der Gare du Nord.

## 2

Vor den Schaufenstern eines Tabakladens, an einer Ecke der Rue Neuve, auf dem Bürgersteig, im Gedränge, neben einem Jungen, der Tombolalose verkaufte, wurde sich Elie plötzlich des Weges bewußt, den er seit Istanbul zurückgelegt hatte. Die Schaufenster waren vollgestopft, und zwischen den übereinandergestapelten Schachteln befanden sich auch weiße, auf denen das Wort *Abdullah* zu lesen war.

Auch das Restaurant à la mode in der Hauptstraße von Pera hatte Abdullah geheißen. Elie hatte dort noch am Vorabend seiner Abreise mit seinen Freunden gegessen. Er kannte jeden und ging grüßend von Tisch zu Tisch.

»Morgen schiffe ich mich ein.«

»Glückspilz.«

»Das sind keine türkischen Zigaretten«, sagte er und betrachtete die Schachtel, die ihm hingehalten wurde.

»Es sind ägyptische. Die sind noch besser.«

»In Ägypten gibt's keinen Tabak!«

»In Ägypten keinen Tabak? Also...«

»In Ägypten gibt's keinen Tabak!« wiederholte er, und dem Dicken blieb vor Entrüstung die Luft weg. »Die Ägypter importieren türkischen und bulgarischen Tabak.«

Er fragte sich, warum er das gesagt hatte. Er tauchte

wieder in die Menge der Rue Neuve ein und schleppte sich weiter. Manchmal blieb er vor Schaufenstern stehen, besonders vor solchen mit Spiegelglas, und betrachtete sich darin.

Er trug einen Kamelhaarmantel, einen eleganten Filzhut und einen gutgeschnittenen Anzug.

Warum war ihm plötzlich so elend? Wegen seines zwei Tage alten Bartes? Wegen seines verquollenen Gesichts?

Auf jeden Fall fühlte er sich mitgenommen, erbärmlich. Jemand stieß ihn an, und er zuckte zusammen, als wäre er geschlagen worden.

Er suchte ein Juweliergeschäft. Er sah zwar mehrere, ging aber erst in das vierte und legte ein Stück Gold von der Größe einer Nuß auf die Ladentheke. Es war Sylvies Goldbarren. Sie hatte ihn seit zwei Jahren immer bei sich, für den Fall, daß sie sich einmal ohne Geld in einer fremden Stadt befinden würde.

Der Juwelier gab ihm dreizehnhundert belgische Franc dafür, und Elie stand wieder auf der Straße, Stunden um Stunden vor sich.

Er erinnerte sich nicht an das Leben an Bord. Das heißt, er erinnerte sich daran, als sei es in einer anderen Welt, oder genauer, als sei ein anderer dort gewesen.

Es gab nur noch Brüssel, die Kälte, seine Erkältung und diese engen Trottoirs, wo man ständig auf die Straße ausweichen mußte, um nicht mit jemandem zusammenzustoßen; diese Schaufenster, so voll mit Lebensmitteln, daß ihm davon übel wurde, und diese Cafés mit ihren fahlen Marmortischen.

Er dachte nicht:

»Zuerst tu ich dies und dann das.«

Doch er spürte, daß er etwas tun würde, und er ahnte auch, was. Er war streitsüchtig. Das hatte er bei den Zigaretten bewiesen, und dann kam die Sache mit dem Grog:

Er war in eine Brasserie am Place de Brouckère gegangen. Der Raum war wie eine Bahnhofshalle. In der Mitte stand ein sechs bis sieben Meter hohes Bierglas, über dessen Rand pausenlos milchiger Schaum lief, und an den Tischen darum herum saßen zwei- bis dreihundert Leute. Es gab Musik, Gläser und Untertassen klapperten, Kellner eilten vorbei.

»Einen Grog«, bestellte Elie.

»Wir servieren nur Weingrog.«

»Und das nennen Sie Grog?«

»Es ist verboten, weniger als zwei Liter Alkohol auszuschenken.«

»Dann bringen Sie mir zwei Liter ...«

»In Cafés gibt es das nicht.«

»Stecken Sie sich's an den Hut!«

Er wußte sowieso nicht, was er in dieser grell erleuchteten Halle eigentlich wollte. Er ging. In seiner Tasche ballte er die Faust, als umklammerte er etwas. Am Boulevard Adolphe-Max blieb er vor einem Schaufenster mit Werkzeugen stehen. Die Auslage war wie Schmuck drapiert. Er ging in das Geschäft und sagte, ohne zu zögern:

»Ich möchte einen Schraubenschlüssel!«

Er entschied sich für einen ziemlich schweren und wog ihn in der Hand, nicht wie einen Schraubenschlüssel, sondern wie einen Hammer. Es war ein amerikanisches Fabrikat, und er bezahlte dafür zweiundsechzig Francs.

Er war schweißgebadet unter seinem Mantel, und dennoch fror er. Es war das gleiche mit seinem Appetit. Er war zwar hungrig, doch wenn er vor einer Metzgerei oder einem Restaurant stehenblieb, drehte sich ihm der Magen um.

»Die Liste der Gewinner der Tombola ...«

Die Menge, die durch die Straßen wimmelte, machte auf ihn den Eindruck einer verirrten Herde. Er betrachtete die Fotos der Filmschauspieler in der Kinopassage. Eins der Starlets war einmal in Istanbul gewesen, und er war einer der jungen Leute, mit denen sie ihre Abende verbracht hatte. Doch das war schon fast nicht mehr wahr.

Er kannte die Abfahrtszeit des Zuges. Er ging dennoch zum Bahnhof und versicherte sich noch einmal: Null Uhr dreiunddreißig.

Um Mitternacht war der Bahnhof leer, schlecht erleuchtet, und das Reinigungspersonal hatte ihn in Beschlag genommen.

»Erste Klasse, Paris«, sagte er.

»Hin und zurück?«

Daran hatte er nicht gedacht. Es wunderte ihn.

»Ja. Hin und zurück.«

Er blieb bei dem Karren stehen, wo die Kopfkissen verteilt wurden, nahm zwei sowie eine Decke. Es waren kaum zehn Reisende auf dem Bahnsteig. Der Bahnhof war still. Eine Lokomotive rangierte irgendwo am Ende der Gleise im Gewirr der roten, gelben und grünen Signale. Es war zugig.

In einem Waggon erkannte Elie den Boy des ›Palace‹, der einen Platz freihielt. Er ging in dasselbe Abteil und setzte sich ihm gegenüber.

Er war völlig ruhig.

Beim Hereinkommen hatte Monsieur van der Chose Elie angesehen und ihn zweifellos als den jungen Mann aus dem ›Merry Grill‹ wiedererkannt. Und wenn auch:

Es gab vier Liegen, zwei unten, zwei oben, doch da sie nur zu zweit waren, blieben die oberen Liegen frei. Es war ein Zufall, daß der Zug fast leer war, doch Elie war darüber nicht erstaunt. Es sah fast so aus, als hätte er diesen Umstand vorausgesehen.

Monsieur van der Chose verstaute erst seine Schweinsledertasche unter dem Kopfkissen. Dann öffnete er einen flachen Koffer und nahm eine ultramarinblaue gestrickte Hausjacke heraus, Reisepantoffeln und eine Flasche Mineralwasser.

Er war groß und dicklich. Er hatte ein gerötetes Gesicht, das von blondem, sich lichtendem Haar umrahmt war.

»Ihre Fahrkarten bitte, Messieurs!«

Der Zug fuhr an. Van der Chose zeigte seine Fahrkarte. Der Beamte fragte:

»War im Schlafwagen nichts mehr frei?«

Sie kannten sich, und er sprach mit respektvoller Verbindlichkeit. Elie sah er nur beiläufig an, als er dessen Karte lochte.

»Gute Nacht, Messieurs!«

Beim Hinausgehen zog er die blauen Vorhänge vor. Van der Chose ging in Pantoffeln und Hausjacke zum

Waschraum, nahm aber seine Aktentasche mit. Als er zurückkam, legte er sich ruhig hin, trank einen Schluck Mineralwasser, spülte damit seinen Mund bevor er es runterschluckte, und stellte die Flasche in Reichweite ab.

Nach einem letzten Blick auf Elie, der vollständig angezogen dalag, schaltete er das Nachtlicht an. Der Zug fuhr. Die Dampfleitungen heizten das Abteil auf, und durch unsichtbare Risse drangen Schwaden eisiger Luft.

Elies rechte Hand umklammerte den Schraubenschlüssel in seiner Tasche, doch eigentlich dachte er dabei an nichts. Er schloß halb die Augen. Die blaue Nachtbeleuchtung tauchte das Abteil in ein theatralisches Licht.

Die Geräusche des Zuges wurden rhythmischer. Sie wurden zur Musik, einer Musik, die sehr voll klang, doch eher an große Orgeln erinnerte als an ein Orchester.

Van der Choses Mund war halb geöffnet. Er hatte den gleichmäßigen Atem eines Schlafenden. Eine Hand hing herunter. Sie war kurz und rosig. Er hatte viereckige Fingernägel und trug einen Siegelring aus Platin sowie einen Ehering.

Elie sah den Ehering. Das ließ ihn völlig kalt. Er schloß die Augen, zog den Kragen seines Kamelhaarmantels hoch und schwitzte wieder.

Der Zug hielt bereits wieder. Leute liefen vorbei. Durch die Vorhänge konnte man Lichter erkennen, und über die Stimmen hinweg hörte man auch:

»Mons...«

In ein Abteil desselben Wagens polterte außer Atem eine Frau. Sie stürmte in ein Abteil desselben Wagens, und man hörte, wie sie mühselig ihre Koffer ins Gepäcknetz hievte.

Elie wachte auf, als die Tür geräuschvoll geöffnet wurde und eine Stimme rief:

»Grenze! Pässe, Ausweise...«

Van der Chose lag auf den Ellbogen gestützt und zeigte seinen Ausweis, den er schon bereitgelegt hatte.

»Vielen Dank!«

Elie zeigte seinen Paß, dessen Seiten der Mann flüchtig durchblätterte.

»Danke!«

Der Zug fuhr, hielt erneut. Man hörte die Rufe:

»Feignies! Die Reisenden nach...«

»Französischer Zoll. Haben Sie etwas anzumelden?«

Van der Chose sah nun weniger rosig aus, denn als die Abteiltür geöffnet worden war, war die heiße Stickluft entwichen. Obschon ihm der Schlaf noch in den Augenwinkeln klebte, öffnete van der Chose bereitwillig sein Zigarrenetui, in dem sechs große holländische Zigarren lagen, und hielt die dem Zollbeamten hin.

»Gut. Sonst nichts? In diesem Koffer?«

»Schmutzige Wäsche.«

Elie, der kein Gepäck hatte, zeigte seine Zigarettenschachtel, und der Zollbeamte ging wieder und zog die Tür zu.

Auf dem Bahnsteig drängelten die Reisenden. Stimmen, Schritte und Rufe gingen durcheinander. Eine aufgeregte Frau fragte:

»Fährt der Zug gleich ab?«

»Zwei nach halb!«

Elie schaltete das Nachtlicht an und legte sich wieder hin. Van der Choses Schlaf war unruhiger. Zwei- oder dreimal legte er sich von einer Seite auf die andere. Doch als sich der Zug auf Paris zubewegte, fand er seinen Schlaf, und sein Schnarchen ließ seine Lippen beben.

Elie lag mit offenen Augen da. Seine Hände waren so feucht, daß die Finger am Stahl des Schraubenschlüssel klebenblieben. Er betrachtete die blaue Birne, von der man den Glühfaden unter dem Glas erkennen konnte.

In den Kurven rutschte sein ganzer Körper gegen die Wand, während sein Mitreisender beinahe auf den Boden rollte.

Er schlug den Kragen seines Überziehers runter, doch als ihm die kalte Luft in den Nacken strömte, stellte er ihn wieder hoch.

»Saint-Quentin!... Saint-Quentin!... Die Reisenden nach Compiègne, Paris...«

Er ging ganz leise aus dem Abteil. Im Gang war es eisig. Ein Fenster war heruntergelassen. Dahinter deuteten ins Dunkel getupfte Gaslichter auf eine ansonsten unsichtbare Stadt hin.

»Es liegt gar kein Schnee«, murmelte Elie.

Er ging den Gang auf und ab. Die Vorhänge waren in allen Abteilen zugezogen. Er ging in den Waschraum und besah sich im Spiegel. Er versuchte zu pinkeln, doch es ging nicht, wohl weil er zu nervös war.

Als er wieder auf seiner Liege lag, war der Zug wieder angefahren, und van der Chose schnarchte, und die Schweinsledertasche unter seinem Kopf knarrte manchmal leise.

Elie zündete sich mit seinem Feuerzeug eine Zigarette an; im Gesicht seines Gegenübers war noch nicht einmal ein Blinzeln festzustellen.

Es war kein bestimmter Moment, als er sich entschloß. Nein. Er nahm einige Züge aus seiner Zigarette. Der Rauch schmeckte eigenartig. Das kannte er schon, denn er schmeckte immer so, wenn er erkältet war. Er warf einen kurzen Blick auf die Vorhänge, die ihn vom Gang abschlossen.

Der Schraubenschlüssel hatte inzwischen die Temperatur seiner Hand angenommen. Der Zug fuhr mit voller Geschwindigkeit über Land. Ohne sich ganz zu erheben und während sein Sitzfleisch noch halb die Liege berührte, hob Elie sein Werkzeug, hielt es einen Moment in der Schwebe, so lange, bis er die Mitte des Schädels anvisiert hatte, und schlug, so fest er konnte, zu.

Was dann geschah, kam so unerwartet, daß er fast laut, nervös aufgelacht hätte. Die Augenlider van der Choses hoben sich langsam, und seine Pupillen kamen zum Vorschein. Er starrte ins blaue Licht. Es war der Blick eines Mannes, der nicht versteht, warum man ihn weckt. Unterdessen rann ihm Blut über den Schädel in die Stirn.

Er versuchte sich zu bewegen, um zu sehen, was los war. Elie schlug erneut zu, zweimal, dreimal, zehnmal, aufgebracht durch diese stupiden, ruhigen Augen, die ihn ansahen.

Als er atemlos innehielt, war es nur, weil er nicht mehr konnte. Der Schraubenschlüssel rutschte ihm aus den feuchten Händen. Er setzte sich ans Fenster und kam wieder zu Atem. Im selben Moment spitzte er die Ohren. Seine Nerven waren bis zum Äußersten gespannt. Atmete außer ihm noch jemand im Abteil? Er hoffte nicht. Er hatte keine Lust noch einmal anzufangen. Sein Handgelenk tat ihm weh.

Ohne die Leiche anzusehen, zog er die Vorhänge auf und öffnete das Fenster. In Saint-Quentin hatte kein Schnee gelegen, doch hier waren die Felder weiß, so weit das Auge reichte, und der Himmel sah aus, als sei er aus Glas.

Der Mantel beengte ihn. Er zog ihn aus. Dann, bemüht, keine Einzelheiten wahrnehmen zu müssen, versuchte er van der Chose hochzuheben. Er wollte ihn aus dem Fenster auf den Bahndamm kippen. Dreimal versuchte er es. Anders als er immer angenommen hatte, war der Leichnam weich und schlapp, und anstatt sich aufrichten zu lassen, sackte er in sich zusammen.

Als Elie ihn losließ, rutschte der Körper zu Boden, während die Beine noch über die Liege hingen.

In fiebriger Eile zog er wieder seinen Mantel über, öffnete die Schweinsledertasche, nahm die Bündel neuer Scheine raus und stopfte sie in seine Tasche.

Keine Minute länger wollte er in dem Abteil bleiben. Er vergaß sogar, das Fenster zu schließen. Er ging durch den Gang. Zwischen den Wagen schlug ihm eisiger Wind entgegen, und an den Eisenbeschlägen hingen Eisperlen.

Er durchquerte den ganzen Zug und blieb erst stehen, als er an die Tür des Gepäckwagens kam.

Schon dachte er: ›Ich habe vergessen, das Fenster zu

schließen! In Compiègne könnte es einem Bahnsteigbeamten auffallen.‹

Er wagte nicht, in ein Abteil zu gehen, denn die Vorhänge waren alle zugezogen. Er schloß sich in den Waschraum ein. Das Licht war grell, und er versuchte vergeblich, es zu löschen. Es gab keinen Schalter. Statt dessen gab es einen Spiegel, in dem er sich ständig, wider seinen Willen, ansehen mußte.

›Ich habe vergessen, den Vorhang zuzuziehen ... Ich habe vergessen, den Vorhang zuzuziehen ... Ich habe ...‹

Er dachte nichts anderes. Er dachte es im Takt der Geräusche des Zuges.

›In Compiègne könnte ein Bahnsteigbeamter ... In Compiègne könnte ein Bahnsteigbeamter ...‹

Er klappte den Klodeckel runter, setzte sich, schlug die Beine übereinander und lehnte sich an die Trennwand.

Als der Zug in Compiègne anhielt, schreckte er zusammen, denn er war kurz eingenickt. Er hörte Leute herumlaufen. Er hörte Rufe. Doch er war fest entschlossen, sich nicht zu rühren. Er hatte auch gar nicht die Kraft dazu. Er war todmüde. Er hatte Fieber. Der Zug fuhr wieder an.

›In Compiègne könnte ein Bahnsteigbeamter ...‹

Das war unwichtig geworden. Compiègne war vorbei. In einer Stunde würde er in Paris sein.

Er hatte nichts Bestimmtes vor. Er versuchte nicht, sich einen Plan zurechtzulegen. Er hatte nur das Bedürfnis, sich auszustrecken und zu schlafen.

›In Compiègne könnte ein Bahnsteigbeamter ...‹

Das war idiotisch! Es gab keinen Grund mehr, daran zu denken. Der Zug würde bald ankommen. Sie waren schon fast da. Sie mußten schon durch die ersten Vororte fahren.

Er nahm sich zusammen und ging aus dem Waschraum. Er sah tatsächlich einzelne vier- oder fünfgeschossige Gebäude am Feldrand stehen. In einigen Fenstern brannte bereits Licht: sicher Arbeiter, die früh zur Arbeit mußten.

Der Gang war leer. Ein Schaffner ging vorbei, ohne ihn anzusehen. Er preßte sein Gesicht gegen die Scheibe. Sie war so kalt, daß ein Satz in seinem Kopf gerann und erstarrte und er schnell seinen Kopf zurückzog: ›In Compiègne könnte ein Bahnsteigbeamter ...‹

Jemand ging in den Waschraum und schlug dabei Elie die Tür in den Rücken. Wasser rauschte. Eine Frau rüttelte an der Tür, obwohl deutlich *Besetzt* daran stand.

Der Zug fuhr unter Brücken durch. Eine erleuchtete Straßenbahn fuhr durch eine Straße mit nassem Pflaster. Hier lag auch kein Schnee mehr.

Der Zug verlangsamte. Hinter Elie stand eine mit Koffern bepackte Bäuerin.

Der Lärm verzehnfachte sich, denn der Zug fuhr in die Halle des Gare du Nord ein. Ein Bahnsteig fing an. Elie öffnete die Tür und zögerte einige Sekunden. Die Frau brummte:

»Vorsicht!«

Er sprang ab. Doch er war nicht der erste. Ein anderer Reisender lief schon mit einem Koffer in der Hand auf den Ausgang zu. Der Beamte nahm wortlos die Fahrkarte. Elie drehte sich um. Neben seinem Zug stand ein anderer, in den Leute einstiegen. Er las die Zugschilder: *Namur, Liège, Cologne, Berlin.*

Niemand achtete auf ihn.

Ohne zu überlegen, lief er los. Der Zug setzte sich bereits ruckweise in Bewegung. Er sprang auf das Trittbrett und ging in einen Dritte-Klasse-Waggon, wo zwei Frauen aus einer Thermosflasche Kaffee tranken.

Eine ganze Sitzbank war frei. Er streckte sich darauf aus, eingezwängt in seinen Kamelhaarmantel. Als er aufwachte, war es Tag. Ein Schaffner rüttelte ihn.

»Fahrkarte bitte!«

Die beiden Frauen, sie waren beide in Trauer, sahen lächelnd zu ihm herüber. Fahrkarte? Einige Sekunden wußte er nicht, was er sagen sollte. Dann erinnerte er sich an den Mann am Fahrkartenschalter in Brüssel, der ihn gefragt hatte:

»Hin und zurück?«

Er kramte in seinen Taschen. Seine Hand berührte die Geldbündel. Ganz unten fand er dann eine rechtekkige Pappe.

Der Schaffner betrachtete sie kritisch, dann den Reisenden.

»Das ist ein Erste-Klasse-Billett«, sagte er.

Tatsächlich. Elie lächelte entschuldigend. Jetzt endlich wußten die Frauen, warum er einen so vornehmen Mantel anhatte.

»Dritter Wagen von vorn . . .«, erklärte der Beamte. »Hier müssen Sie bei der Zollkontrolle aussteigen. In der Ersten wird im Zug kontrolliert.«

Er hatte Durst. Sein Nacken schmerzte. Er mußte

sich einen steifen Hals zugezogen haben. Wieder lief er die Korridore entlang. Er sah Fetzen verschneiter Landschaft und da und dort ein niedriges Haus mit rauchendem Schornstein.

Zwischen den Wagen schlug ihm jedesmal aufs neue kalte Luft entgegen. Ein ganzer Wagen der ersten Klasse war leer. Es war unheimlich, denn es war noch nicht richtig hell.

Wie spät war es schon? Kam bald die Grenze?

›In Compiègne könnte ein Bahnsteigbeamter...‹

Er mußte etwas trinken, koste es, was es wolle. Er stürzte zum Waschraum. Auf dem Porzellan des Waschbeckens lag Ruß. Er drehte den dünnen Hahn nach rechts, und es kam kochend heißes Wasser. Er drehte links rum, worauf es lauwarm wurde. Es war gräulich. Er nahm eine Handvoll und schlürfte es. Es schmeckte nach Eisenbahn und Fieber.

Der Zug hatte gehalten. Aus Angst, im Waschraum entdeckt zu werden, ging er eilig raus und rempelte dabei einen Mann im grauen Anzug an.

»Sitzen Sie in diesem Wagen?«

»Ja.«

»Paß, Ausweis... In Ordnung.«

»Nichts zu verzollen? Geschenke, Wertgegenstände, etwas gekauft?«

»Nichts.«

Er schlief im Stehen. Er war schmutzig. Sein Taschentuch war inzwischen nur noch ein aufgeweichtes Knäuel.

Jeumont... Erquelines... Rote Backsteinhäuser... Fenster mit weißen Vorhängen und Kupfertöpfen... Kneipen... Bahnhofrestaurant... Die Uniformen waren khakifarben anstatt blau...

Und auf der Maas, deren Verlauf sie folgten, wurden Schleppzüge von Schleppdampfern gezogen, die vor den Schleusen tuteten, was sie konnten.

Die Tür ging auf. Ein junger Mann in dunkler Uniform fragte: »Wünschen Sie Frühstück...? Es wird gleich nach Namur serviert.«

»Danke.«

Er nahm zwar die rote Platzreservationskarte an, die man ihm hingestreckt hatte, stieg aber in Namur aus. Er wußte nicht, wie spät es war. Die riesige, meergrüne Porzellanuhr zeigte elf Uhr. Ihre Zeiger sahen aus wie mit Tusche gezeichnet.

»Wann fährt der nächste Zug nach Brüssel?«

»Zwölf nach zwölf.«

Er traute sich nicht, den Bahnhof zu verlassen. Er setzte sich in den Wartesaal dritter Klasse, denn dort waren mehr Menschen. Viele hatten nasse Regenschirme, und auf dem Fußboden standen Pfützen. Die lackierten Bänke schwitzten Feuchtigkeit aus.

Hinter einer Glastür huschten Kellner in weißen Schürzen und mit Tabletten zwischen den gedeckten Tischen herum.

Aber Elie wagte nicht, sich zu setzen. Er blieb vor dem Buffet stehen und zeigte auf die Sandwiches.

»Eine Pistole?« fragte ein rundliches Mädchen.

»Warum sagen Sie Pistole?« erwiderte er mürrisch.

»Weil es eine Pistole ist.«

»Das ist ein Sandwich! Geben Sie mir drei Sandwiches.«

Er aß nicht einmal einen halben und ging im Wartesaal dritter Klasse auf und ab.

Als er in Brüssel ankam, war es dunkel. Er erkannte den Bahnhof nicht wieder, denn er kam auf einem anderen Gleis an. Draußen regnete es, vielmehr es fiel feiner Schneeregen, durch den man kaum etwas sehen konnte.

»Taxi... ›Palace‹... ›Astoria‹... ›Grand-Hotel‹.«

Er machte einen Umweg, um nicht dem Gästewerber des ›Palace‹ über den Weg zu laufen. Anstatt über die Hauptstraßen zu gehen, bog er nach links ab, dann wieder nach links und befand sich in den Gäßchen mit einem ärmlichen Bistro nach dem anderen.

Die Gäste saßen vor Kaffee oder Bier und warteten auf ihre Züge.

»Haben Sie Telefon?«

»Hinten rechts... Jetons kriegen Sie an der Kasse.«

Er wußte nicht, was er mit den Jetons machen sollte. In der Türkei gab's keine Jetons. Er dachte an die Türkei wie an ein Land, in das er noch nie einen Fuß gesetzt hatte.

»Sagen Sie, Wirt...«

»Ich sehe schon! Sie sind Ausländer... Welche Nummer wollen Sie?«

»Das ›Palace‹.«

»Hallo...? ›Palace‹? Verbinden Sie mich bitte mit Madame Sylvie!... Was sagen Sie...? Sie ist weggegangen...? Ich rufe später noch einmal an... Nein, nichts auszurichten.«

Er hätte gern einen Grog getrunken. Das war eine fixe Idee. Doch es war nichts zu machen, und er ließ sich ein Glas Bier bringen. Er saß in einer Ecke des Bistros, in der Nähe der Telefonkabine. Über dem polierten Eiche-Tresen, ihm gegenüber, hing etwas schief eine Uhr. Nach einer halben Stunde rief er erneut an. Eine weitere halbe Stunde später nochmal.

Um acht Uhr, er rief gerade zum sechsten Mal an, sagte man ihm:

»Ich glaube, ich habe Mademoiselle im Grillroom gesehen. Bleiben Sie am Apparat!«

Der behagliche und ruhige Grillroom, mit den kleinen rosa Lampen auf den Tischen, den Kristallvasen, in denen Blumen standen, dem silberglänzenden Buffet, den weißen Tischdecken, dem riesigen silbernen Anrichtewagen, mit dem der Oberkellner das Tagesgedeck von Tisch zu Tisch schob ...

»Hallo! Wer ist am Apparat?«

Er sah sie genau vor sich, wie sie in der Kabine stand, neben dem Lesesalon, wo Rauchen verboten war.

»Hallo!« Ihre Stimme klang ungeduldig.

Sie war dieselbe geblieben. Sie hatte sicher ihren grünen Seidenrock an, der so eng über den Hüften saß, daß er ihr immer geholfen hatte, ihn anzuziehen.

»Hallo!«

Nun mußte er reden.

»Ich bin's«, keuchte er.

»Elie ...? So früh ...? Wo bist du ...? Warum kommst du nicht?«

»Pst! Ich werde es dir erklären! Wir müssen uns treffen, im Bahnhofsviertel. Im Café ... Warte mal!«

Er fragte aus der Kabine:

»Wie heißt dieses Café?«

»›Au Bon Départ‹.«

Und er, in den Apparat:

»›Au Bon Départ‹ ... Du wirst es schon finden ... Iß erst!«

Sie murrte, antwortete dann unwillig:

»In Ordnung.«

Jetzt würde sie durch die Halle gehen und sich fragen, was er wohl wollte.

»Bringen Sie mir was zu essen!« sagte er zum Wirt.

»Ich habe nur Weißwurst oder Schinken...«

Das war ihm alles egal. Er hatte Hunger. Er leerte seinen Halben in einem Zug und verzog das Gesicht, weil er bei dieser plötzlichen Bewegung seinen steifen Hals wieder spürte.

Nicht ein einziges Mal hatte er an van der Chose gedacht!

## 3

Sylvie wich zuerst etwas zurück. Sie zahlte ihr Taxi und versicherte sich noch einmal, daß auf dem Schild tatsächlich ›Au Bon Départ‹ stand. Sie sprang über eine Pfütze auf den Gehweg, als sich links neben der erleuchteten Tür eine Silhouette aus dem Dunkel löste und leise ihren Namen sagte.

Sie hatte Elies strohgelben Mantel erkannt, sie hatte seine Stimme erkannt, und auch ohne sein Gesicht zu sehen, spürte sie, daß etwas anders geworden war.

So folgte sie ihm, ohne ein Wort zu sagen, obschon es immer noch regnete und er sie eine abschüssige Straße hinunterführte, die in einem verlassenen Viertel endete.

Die erste Gaslaterne, an der sie vorbeikamen, nutzte sie, um ihn anzusehen, und bemerkte, daß er die Augen abwendete.

»Du hast dich nicht rasiert?«

Sie hatten den Lichtkegel passiert, und die nächste Straßenlaterne kam erst nach fünfzig Metern. Soweit man die Straße überblicken konnte, ging es so weiter, und nur ein einziges Schaufenster, das eines kleinen Milchgeschäftes, unterbrach diese Regelmäßigkeit.

Sylvie mummte sich fest in ihren Pelz ein. Wegen ihrer hohen Absätze konnte sie nur schlecht gehen, und gegen ihre Beine spritzten ölig-dreckige Tropfen.

»Gehn wir noch weit?«

Er drehte sich um. Die Straße war leer. Hinter den rosa Vorhängen eines Zimmers im ersten Stock eines Hauses wurde Klavier gespielt.

»Noch ein Stück...«, sagte er.

Er war unruhig. Im Weitergehen wollte er Sylvies Arm nehmen, aber irgendwie ging es nicht: vielleicht, weil sie nicht denselben Rhythmus hatten? Vielleicht auch, weil Sylvie, die damit beschäftigt war, ihren Mantel zusammenzuhalten, ihm ihren Arm nicht richtig gab?

Sie sah ihn ständig von der Seite an. Sie wußte, es war etwas Ernstes.

»Woher kommst du?« fragte sie, um ihm zu helfen.

»Paris.«

Er wußte nicht genau, warum ihn der Regen am Sprechen hinderte. Er erspähte ein Portal. Es war ziemlich tief und zehn Meter von der nächsten Laterne entfernt. Dorthin zog er Sylvie. Doch er küßte sie nicht. Er umarmte sie nicht. Außerdem hingen Tropfen an seinen Bartstoppeln.

Nachdem er sich nach allen Seiten umgesehen hatte, zog er ein Bündel Scheine aus der Tasche, und als er es seiner Begleiterin hinhielt, lastete sein deprimierter Blick auf ihr.

Sie verstand nicht sofort. Sie berührte die Scheine.

»Hast du viel?«

»Hunderttausend.«

Sie sah ihm nicht ins Gesicht, sondern starrte auf seinen Mantel.

»Im Zug?«

Sie konnten sich kaum sehen. Der Lichtschein der Gaslaterne hüllte sie ein wie ein Mückenschwarm. Ganz in ihrer Nähe lief Wasser durch eine Regenrinne.

»Ja...van der Chose...«

Sie hob langsam den Kopf, erstaunt, aber nicht sonderlich. In ihren Augen war eine Frage zu lesen.

»Ja«, sagte er nochmal und ballte seine Faust in der Tasche, als umklammerte er einen Schraubenschlüssel.

Er war es, der den Blick abgewendet hatte. Das schwarze Pflaster schimmerte weithin.

»Gehen wir!« schlug Sylvie vor.

Zwischen den Reihen gleichaussehender Häuser hallten ihre Schritte wider. Er sagte:

»Es muß doch in den Zeitungen stehen!«

»Hast du keine gelesen?«

Er schüttelte den Kopf, und sie wußte, daß er sich nicht getraut hatte, eine zu kaufen. Es war überflüssig, darüber zu reden. Sie wußte, er brauchte sie, und nur deshalb war er gekommen. Sie wußte, er wartete.

»Die Grenzen werden sicher überwacht«, murmelte sie vor sich hin. »Laß uns schneller gehen! Da ist ein erleuchteter Platz am Ende der Straße. Dort ist sicher eine Kneipe.«

Er folgte ihr mechanisch. Sie überlegte. Bevor sie auf den Platz kamen, von dem sie lediglich den Lichtschein sehen konnten, blieb sie kurz stehen.

»Gib mir einen Teil!«

Er gab ihr alles, was er in einer Tasche hatte, also ungefähr die Hälfte der Beute. Sie steckte die Scheine in ihre Handtasche.

»Das ist französisches Geld«, bemerkte sie, als wäre es die natürlichste Sache der Welt.

Sie kamen zu einer leeren Kneipe, deren große, unbenutzte Billardtische sie noch ausgestorbener aussehen ließen. Der Wirt saß mit einem einseitig gelähmten Mann in der Nähe des Fensters, und die Wirtin saß an der Kasse und häkelte.

»Laß uns hier reingehen!«

Drinnen war es still, daß sie sich wie Eindringlinge vorkamen. Sie hatten sich etwas abseits hinter die beiden Billardtische gesetzt, als der Wirt sich räuspernd erhob und auf sie zusteuerte.

»Zwei Kaffee!« bestellte Sylvie.

Von nun an sagte sie, wo es lang ging. Es hatte sich einfach so ergeben. Elie hatte den Kragen hochgeschlagen und betrachtete den Fußboden, wo sich Muster aus Sägespänen gebildet hatten. Er sah Sylvie aufstehen und wunderte sich noch nicht einmal. Sie ging zu einem Schrank, auf dem zusammengerollte Zeitungen lagen.

Der Wirt bediente sie schweigend. Der Kaffee tropfte nach und nach aus dem silbernen Filter. Der gelähmte Gast schneuzte sich in seiner Ecke.

Sylvie saß wieder auf ihrem Platz und las die Zeitung. Die Seiten raschelten, wenn sie sie umblätterte.

»Für mich zwei Stück Zucker!«

Er bediente sie und trank einen Anstandsschluck von dem Kaffee.

»Zahl du!« sagte sie noch.

Der Wirt beobachtete sie von weitem und fragte sich, was sie um diese Zeit wohl bei ihm wollten. Sylvie stand auf. Elie folgte ihr, und auf der Straße ging sie, nachdem sie sich kurz orientiert hatte, in Richtung Innenstadt voran.

»Nun?«

»Der Schaffner hat dich beschrieben. Aber er hat dich nicht genau angeschaut. Woran er sich vor allem erinnert, ist dein strohgelber Mantel.«

Elie erschrak und fühlte sich unbehaglich in seinem Mantel. Er sah sich ängstlich um, ob ihn auch niemand belauerte.

»Er hat auch ausgesagt, daß du einen ausländischen Akzent hast, aber nichts Genaues...«

Ohne stehenzubleiben, packte Elie die Scheine, sein Taschentuch und ein Taschenmesser aus der Mantel- in die Jackettasche. Sie kamen an einem Bretterverschlag vorbei, hinter dem unbebautes Gelände lag. Er blieb stehen, und, mit einem Blick zu Sylvie, fragte er:

»Hier?«

»Wenn sie ihn finden, wissen sie, daß du in Brüssel bist. Wir müssen ihn in den Kanal werfen.«

»Wo ist der?«

»Am anderen Ende der Stadt.«

Inzwischen waren sie in eine Straße gekommen, wo von Zeit zu Zeit eine rötliche Straßenbahn vorbeifuhr, in der, wie unter einer Glasglocke, unbeteiligt Fahrgäste saßen.

»Laß uns ein Taxi nehmen!« sagte Sylvie, der das Gehen immer schwerer fiel.

»Meinst du?«

»Ich habe eine Idee. Du wirst schon sehen...«

Sie winkte eines heran, sah den Fahrer fest an und sagte:

»Zum Bois de la Cambre... Langsam!«

Man würde sie für ein Liebespaar halten, das war alles. Sie blieben bewegungslos im Dunkel des Autos sitzen, dessen Karosserie in allen Fugen ächzte. Elie hatte seinen Mantel ausgezogen.

»Gibt es dort Wasser?« flüsterte er.

»Einen großen Teich... Wir müssen die Taschen mit Steinen füllen, damit er auf den Grund sinkt.«

Es war unwahrscheinlich, daß außer ihnen noch jemand in der Umgebung dieses Waldes war, von dessen großen Bäumen es langsam tropfte. Irgendwann klopfte Sylvie an die Scheibe, und das Taxi hielt an.

»Warten Sie ein paar Minuten!«

Der Fahrer zögerte, lehnte sich zurück und stotterte etwas, das Elie nicht verstand. Als er sich mit der jungen Frau etwas entfernt hatte, fragte er:

»Was hat er gesagt?«

»Er hat vorgeschlagen, daß wir im Wagen bleiben sollten. Er würde spazierengehen.«

Sie konnten nicht darüber lachen. Sie suchten Steine. Damit es glaubwürdiger aussah, hatte sich Sylvie bei ihm eingehakt. Sie zeigte mit dem Fuß auf einen Stein.

»Nimm den!«

Der Atem des Waldes war kalt und voller Gerüche, und Elie schlotterte vor Kälte in seinem grauen Jakkett.

»Noch ein paar... Nimm mich an der Hand... Er beobachtet uns bestimmt.«

Sie stiegen über das Drahtgitter, das den Teich

umgab. Der Boden war abschüssig. Sylvie hielt Elie an der Hand. Er beugte sich etwas über das Wasser und versenkte seinen Mantel so weit wie möglich vom Ufer entfernt. Es war kaum ein Plumps zu hören, doch sie fürchteten, der Fahrer könnte nachsehen, da er vielleicht einen Selbstmord vermutete.

Sie gingen zum Weg zurück. Elie zuerst. Die junge Frau beruhigte ihn:

»Nicht so schnell... Wir sehen nicht gerade wie Verliebte aus.«

Im Wagen erkundigte sie sich:

»Frierst du?«

»Schon gut.«

Er hatte blauangelaufene Lippen. Von Zeit zu Zeit wurden seine Schultern von einem Zittern geschüttelt, und zu allem Überfluß kam er ständig mit Sylvies nassem Pelzmantel in Berührung.

»Folgendes...«, sagte sie leise. »Du nimmst den Zug nach Charleroi!«

Er schüttelte den Kopf und warf ein:

»Nicht den Zug!«

Davon hatte er genug. Er hatte die Nase voll.

»Nimm, was du willst! Fahr nach Charleroi! Rue de Laveu. Nummer dreiundfünfzig. Es ist ein Haus, in dem möblierte Zimmer vermietet werden. Es ist gerade eines frei.«

Er sah sie erstaunt an, stellte aber keine Fragen.

»Das ist mein Elternhaus«, erklärte Sylvie einfach. »Du sagst meiner Mutter, daß du von mir kommst. Erzähl ihr, daß du in deiner Heimat mit Politik zu tun hattest und lieber nicht bei der Polizei angemeldet werden möchtest. Bezahl drei Monate im voraus, dann wird sie still sein.«

Sie waren wieder in der Stadt, und der Fahrer drehte sich um und wollte ein Fahrtziel wissen.

»Zum ›Merry Grill‹!« sagte Sylvie leichthin.

»Ich kann doch da nicht rein. So wie ich aussehe.«

»Du nicht. Aber ich. Ich habe eine Verabredung.«

Er widersprach nicht. Er ließ es mit sich geschehen wie ein artiges Kind.

»Du bleibst in Brüssel?« fragte er dann doch.

»Ja. Aber ich werde dich besuchen.«

Sie überlegte mit gerunzelter Stirn.

»Hör mal! Es ist noch besser, wenn du meiner Mutter nicht sagst, daß du von mir kommst. Tu so, als würdest du mich nicht kennen. Wenn du erst gezahlt hast...«

»Doch wie höre ich von dir?«

»Ich werde von Zeit zu Zeit Antoinette schreiben... Das ist meine Schwester. Sie wird bei Tisch davon erzählen, und da du mit ihnen essen wirst...«

Das Taxi hatte angehalten. Der Portier des ›Merry Grill‹ kam, einen roten Regenschirm schwingend, und hielt die Tür auf. Elie war kaum zu sehen im Fond des Wagens.

»Auf Wiedersehen...«, sagte Sylvie.

Sie umarmte ihn nicht. Nach vorn gebeugt, den Kopf schon außerhalb des Fahrzeugs, begnügte sie sich damit, nach seiner Hand zu tasten und sie verstohlen zu drücken.

»Zum Gare du Midi!« sagte Elie zum Fahrer, außerstande eine andere Adresse anzugeben.

Sylvie hatte den Pelz um ihre Hüfte geschlungen und stolzierte vor dem Portier, der ihr den Schirm hielt, über den Gehsteig. Man vernahm den Klang der Jazzmusik, und hinter den Vorhängen im ersten Stock sah man Schatten vorbeihuschen.

Für einen kurzen Moment drehte sie sich um. Sie lächelte und winkte. Das Taxi fuhr an.

Elie fand sich wieder völlig allein, ohne Mantel, in dem kalten Auto, und er kam sich völlig nackt vor.

»Der Bahnhof ist geschlossen«, erklärte der Fahrer und zeigte auf die Halle, die von einigen Lampen schwach erleuchtet war.

»Das macht nichts.«

Er erschrak, als er feststellte, daß er außer den Tausend-Franc-Scheinen nur noch etwas Kleingeld hatte. Aber nachdem er alle Taschen durchwühlt hatte, kratzte er genug zusammen, um das Taxi zu bezahlen.

Doch bis zum Morgen konnte er kein Geld mehr ausgeben. Er konnte nirgendwo einkehren. Er konnte weder etwas essen noch etwas trinken!

Ihm war dermaßen kalt, daß ihm nicht einmal mehr seine Erkältung bewußt war. Er lief herum. Von Zeit zu Zeit lehnte er sich gegen einen Eingang, ging aber wieder, sobald er Schritte hörte. Ihm waren vier Uhren in den verschiedenen Vierteln aufgefallen, und er ging ohne Unterlaß von einer zur anderen und überlegte, wie oft er den Rundgang wohl machen würde, bevor der Morgen graute. Einzig das monotone Geräusch seiner Schritte begleitete ihn. Darin lag allerdings auch eine Abwechslung, denn der Klang war abhängig von der Länge der Straße, der Höhe der Häuser und vielleicht auch von der Beschaffenheit des Pflasters.

Sylvie tanzte. Er war nicht eifersüchtig. Er wußte, daß sie im ›Merry Grill‹ war. Er hätte sie bespitzeln können, doch auf diese Idee kam er gar nicht.

Erleichtert sah er die erste Straßenbahn vorbeifahren, und um sieben Uhr suchte er sich eines der Taxis aus, die am Place de Brouckère standen.

»Fahren Sie mich nach Charleroi!«

Sein Bart war drei Tage alt. Seine Jacke war an den Schultern durchnäßt, und seine Hosenbeine sahen ebenfalls mitgenommen aus.

»Steigen Sie ein!« brummte der Fahrer dann doch, wie jemand, der es darauf ankommen läßt.

Es lag kein Schnee mehr. Die Felder waren schwarz. Der Wald war schwarz. Das ganze Universum dunstete kalte Feuchtigkeit aus. Es war niemand auf der Straße, als sie durch die Dörfer fuhren.

»Halten Sie irgendwo, wo ich einen Tausend-Franc-Schein wechseln kann«, sagte Elie, als sie in Charleroi ankamen.

Es war fast neun Uhr. Die Geschäfte waren geöffnet, doch es war, als hätte der Winter eine Kältestarre bewirkt, in der alles nur noch verlangsamt vor sich geht. Es war dreckigtrüb, und in den meisten Läden brannte Licht.

»Oder fahren Sie mich zu einem Friseur!«

Der Friseur hatte keine tausend Franc und ging selbst ins gegenüberliegende Maison du Peuple, um sie zu wechseln. Das Taxi fuhr ab. Elie bekam einen

Frisiermantel umgehängt, und als er sich im Spiegel betrachtete, stellte er fest, daß er gerötete Augen hatte.

»Sie sind Ausländer? Was Sie wohl gewinnen bei diesem Wechselkurs? Soll ich Ihnen auch die Haare schneiden?«

Lastwagen fuhren vorbei. Der Friseur hatte gelbe Finger vom Rauchen. Der Geruch des Tabaks vermischte sich mit dem der Seife, und Elie wurde übel.

»Wir haben viele Ausländer hier. Vor allem Studenten, die in den Fabriken oder Gruben ein Praktikum machen. Aber im Moment sind die einen so arm wie die anderen. Die Krise! Soll ich Ihnen eine Friktion machen?«

Als Elie von dem Sessel aufstand, sah er sich selbstmitleidig an. Anstatt daß er frischer aussah, hatte die Behandlung seine Blässe und die Unordnung seines Gesichts nur betont. Vielleicht lag es am Spiegel. Es war ihm zum Beispiel noch nie aufgefallen, daß er eine schiefe Nase hatte. Seine Oberlippe war zu schmal im Vergleich zur Unterlippe.

»Ist es weit zur Rue du Laveu?«

»Sie brauchen nur die Straßenbahn drei zu nehmen. Die Haltestelle ist vor der Tür. Sie fährt direkt hin.«

Es hörte nicht auf zu regnen, ein ständiger, feiner Sprühregen. Elie blieb auf der leeren Plattform stehen. Der Schaffner sagte Bescheid, als er aussteigen mußte, und er ging den Gehsteig entlang, der von völlig gleichaussehenden Häusern gesäumt war.

Trotz des Regens putzte eine Frau vornübergebeugt, mit dem Rücken zur Straße, einen Hauseingang. Elie stellte fest, daß es Nummer dreiundfünfzig war.

»Entschuldigen Sie ... Madame Baron?«

»Das bin ich.«

Sie nahm ihren Putzlappen in die rechte Hand und musterte den Unbekannten von Kopf bis Fuß.

»Es ist wegen des Zimmers ...«

Er zeigte auf das gelbe Schild, das am Fenster festgeklebt war.

»Gehen Sie schon mal rein ... Warten Sie in der Küche!«

Der Korridor war gerade geputzt worden, und die gelben und roten Kacheln blitzten. An der Bambusgarderobe hingen drei Herrenmäntel und ein Regenmantel. Elie klopfte an der Glastür zur Küche, und eine männliche Stimme antwortete:

»Herein!«

Ein junger Mann hatte die Füße im Backofen und betrachtete neugierig den Neuankömmling. Am Tisch saß ein weiterer Student in einem blaugestreiften Pyjama und mit schwarzem, pomadigem Haar. Er war frisch rasiert und bestrich sein Brot mit Marmelade.

»Setzen Sie sich! Kommen Sie wegen des Zimmers?«

Im Korridor zog Madame Baron ihre Holzschuhe aus und wischte sich die Hände an ihrer Schürze ab. Man hörte Stimmen aus der ersten Etage. Das ganze Haus war voller Leben, was Elie nicht mehr gewöhnt war.

»So! Da bin ich ... Haben Sie keinen Mantel?«

»Lassen Sie mich erklären ... Mein Gepäck ...«

»Sind Sie nicht aus Charleroi?«

»Nein ... Ich bin gerade aus Brüssel gekommen.«

Sie stellte ihm wie selbstverständlich eine Tasse Kaffee hin. Dann machte sie die Tür auf und rief:

»Antoinette! Sieh mal nach, ob das vordere Zimmer in Ordnung ist!«

Sie stand keinen Moment still. Während sie redete, legte sie Kohlen nach, rührte in einem Topf und schüttete Zucker in die Zuckerdose.

»Monsieur Valesco, ich habe Sie doch gebeten, nicht im Schlafanzug herunterzukommen!... Rücken Sie mal, Monsieur Moïse!... Glauben Sie, ich kann kochen, wenn Sie beide mir dauernd in die Quere kommen?«

Die Tür ging auf, und Antoinette sah dem Neuangekommenen in die Augen. Sie trug ein schwarzes Wollkleid, das ihre Staksigkeit unterstrich. Sie ließ die Schultern hängen, ihre kleinen Brüste standen ab, ihre Hüften waren noch schmal, wie bei einem Knaben.

Die Strümpfe schlotterten ihr um die Beine, und um ihr schmales, von Sommersprossen übersätes Gesicht wucherte eine wilde, rote Mähne.

»Was ist? Kannst du nicht mehr ›Guten Tag‹ sagen?«

Sie zuckte die Schultern, schnüffelte an Valescos Kopf und murrte:

»Ich mag keine Männer, die sich wie Nutten parfümieren.«

Was Elie betraf, so sah sie ihn mit kurzen Blicken aus den Augenwinkeln an.

»Wenn Sie das Zimmer sehen wollen?« setzte Madame Baron an, »es kostet dreihundert Franc im Monat, Kohle und Strom extra. Ich sage Ihnen auch besser gleich, es ist keine ›sturmfreie Bude‹! Ich dulde keinen Damenbesuch.«

Sie ging vor ihm durch den Korridor und stieß die Tür zum ersten Zimmer auf. Der Geruch von Bohnerwachs breitete sich aus. Das Zimmer hatte ein rosa Blümchentapete, und an der Wand stand ein Bett mit Messinggestell. Es war mit einer Steppdecke zugedeckt. Elie wurde blaß und fühlte, wie sich sein Kopf zu drehen begann.

Es war sieben Uhr abends, die Hausbewohner versammelten sich in der Küche, während er noch immer schlief, mit halbgeöffnetem Mund und verschwitzter Stirn, an der die Haare klebten.

## 4

Es mißfiel Madame Baron, als sie sah, daß sich Monsieur Domb mit seinem Blechnapf ohne weiteres vor das Gedeck setzte, das sie so hübsch zurechtgemacht hatte.

»Das ist Monsieur Elies Platz«, protestierte sie.

Monsieur Domb war Pole, groß, blond und hager. Er hatte blaue Augen, und seine Kleidung war immer von minuziöser Korrektheit. Sein Benehmen war würdevoll, auch wenn er, so wie jetzt, eine alte Keksbüchse unterm Arm hielt. Verstimmt wartete er darauf zu erfahren, welches künftig sein Platz bei Tisch sein sollte.

»Wo soll ich mich hinsetzen?«

Die Küche war nicht besonders groß, und den meisten Platz nahm ein großer Kachelofen ein. Am anderen Ende des Küchentisches, in der Nähe des Geschirrschrankes, war Monsieur Barons Platz, der als einziger einen Korbsessel hatte.

Die anderen setzten sich, je nachdem wie sie ankamen, dorthin, wo gerade Platz war. Sie warteten nicht aufeinander. Die Essenszeiten von Monsieur Baron wechselten täglich, entsprechend den Zügen, denen er zugeteilt war. Madame Baron tischte ihm auf, lief zwischen Ofen und Tisch hin und her und setzte sich zwischendurch auf eine Stuhlkante, um einige Bissen runterzuschlingen, während Antoinette, beide Ellbogen auf den Tisch gestützt, mit den anderen Untermietern scherzte.

Mittags verlief die Zeremonie etwas anders, weil Madame Baron für alle das Essen zubereitete.

Abends aßen die Untermieter auf eigene Kosten. Jeder brachte seine Blechbüchse mit, die Brot, Butter und Schinken oder Käse enthielt. Jeder hatte auch seine eigene Kaffe- oder Teekanne.

Monsieur Domb betrachtete grollend das Gedeck dort, wo er schon so oft gesessen hatte. Das war neu. Sogar die Teller mit dem roten Blumenmuster, die sonst nie verwendet wurden, waren gedeckt, und außerdem Schalen mit richtigen Vorspeisen: Aufschnitt, Ölsardinen und kleine geräucherte Fische.

Monsieur Baron, der seine Stullen in den Kaffee tunkte, verfolgte etwas belustigt dieses Schauspiel, und als Madame Baron das bemerkte, reichte sie ihm drei geräucherte Fische.

»Monsieur Elie hat Vollpension«, sagte sie mit einem Anflug von Hochmut.

»Er ist Jude«, brummte Monsieur Domb und stellte die Bratpfanne auf das Feuer.

»Was wissen Sie denn? Sie sehen überall Juden. Und was kann es Ihnen schon ausmachen, wenn er wirklich Jude ist?«

Domb kramte mit gelangweilter Miene in seiner Büchse.

»Was fehlt Ihnen denn noch?«

»Butter.«

»Ich borge Ihnen ein Stück. Aber es ist das letzte

Mal. Ihnen fehlt doch immer was! Machen Sie es wie Monsieur Moïse.«

Er zerließ ein Stück Butter in der Pfanne und schlug ein Ei hinein. Madame Baron rief in den Korridor:

»Monsieur Moïse, es ist Zeit!«

Domb briet sein Ei und betrachtete verächtlich das gebräunte Kotelett, die Töpfe mit Kartoffeln und Rosenkohl; alles ausschließlich für den Neuen.

»Was studiert er eigentlich?« fragte er, als er sich neben Antoinette gesetzt hatte.

»Er hat sein Studium schon lange abgeschlossen.«

Moïse kam herein, mit wirren Haaren und geröteten Augen, die seit dem Morgen auf Buchstaben geheftet waren. Seine Mutter, eine Bedienstete in Vilna, konnte ihm nichts zu essen schicken, und eine israelische Stiftung finanzierte sein Studium.

Auch Moïse sah das Gedeck an, das so aus dem Rahmen fiel, und überlegte, wo er sich mit seiner Büchse hinsetzen sollte. Neben Domb konnte er nicht sitzen, denn dieser vermied strikt, das Wort an ihn zu richten, tat sogar so, als übersähe er ihn.

»Setzen Sie sich hierher, Monsieur Moïse«, sagte Madam Baron wohlwollend, denn Moïse war ihr Lieblingsuntermieter. »Ich wette, daß Sie wieder Ihr Feuer haben ausgehen lassen.«

Das machte er aus Sparsamkeit, sie wußte es. Er lernte im Mantel, und manchmal hatte er eine Decke um den Körper gewickelt. Wenn er herunterkam, waren seine Hände immer eiskalt.

»Ich habe schon Ihren Tee aufgegossen.«

Er aß kein Ei, nur Brot mit Butter. Madame Baron

wußte als einzige – denn sie schnüffelte in den Zimmern herum –, daß er keine Strümpfe trug.

»Ich frage mich, ob er noch schläft«, sagte sie, als sie an Elie dachte.

»Auf jeden Fall ist er sonderbar«, brummte Domb.

»Geben Sie doch Ruhe! Sie können niemanden sehen, ohne schlecht über ihn zu reden. Als ob die Polen etwas Besseres wären.«

Und im Korridor rief sie, so als wäre dieser Ruf schon seit eh und je im Haus zu hören gewesen:

»Monsieur Elie, das Essen ist fertig!«

Plutarch Valesco fehlte noch, doch er kam meistens zu spät, manchmal auch gar nicht. Jeder wußte, daß er eine Geliebte in der Stadt hatte.

»Monsieur Elie soll also auch Jude sein«, seufzte Madame Baron.

»Levantinischer Jude«, berichtigte Moïse. »Das ist nicht dasselbe.«

»Warum?«

»Schwer zu erklären, aber es ist nicht dasselbe.«

»Nun, er ist sehr dunkel, und Sie sind eher blond ...«

Im Korridor hörte man Schritte. Es klopfte an die Glastür, Elie Nagéar kam herein. Das Licht blendete ihn zuerst, und er war verblüfft über soviel Lebendigkeit in diesem kleinen Raum.

»Meine Untermieter haben Sie ja bereits gesehen, nicht wahr? Das ist mein Mann. Er ist Beamter bei der Staatsbahn.«

Monsieur Baron erhob sich, gab feierlich die Hand und zupfte an seinem mächtigen grauen Schnurrbart.

Er hatte seinen losen Kragen abgenommen, und in der Mitte von seinem Hals blitzte ein Knopf aus Kupfer.

»Setzen Sie sich, Monsieur Elie! Sie werden Hunger haben. Sie haben nichts gegessen seit heute morgen.«

Und er setzte sich an das Kopfende des Tisches, gegenüber von Monsieur Baron. Das war wie eine Eroberung. Domb schaute beiseite und kaute an einem Brotkanten. Antoinette fixierte die Augenränder des Neuankömmlings, und Moïse sagte einfach:

»Sie sind aus Istanbul, nehme ich an.«

»Eigentlich bin ich portugiesischer Herkunft, aber ich bin in Istanbul geboren. Sie sind Pole?«

»Ich bin Pole!« intervenierte Domb, so steif, als hätte man seine Nationalhymne gespielt.

Valesco kam wie ein Windstoß hereingeweht, und mit ihm ein Hauch Parfüm und Kälte.

»Komme ich zu spät?«

»Sie kommen immer zu spät!«

Er stutzte, als er den Neuen vor den Vorspeisen und auf dem besten Platz sitzen sah. Er schnupperte den Duft des Koteletts und des Gemüses und warf Antoinette über die Köpfe der anderen hinweg einen fragenden Blick zu.

»Beeilen Sie sich! Setzen Sie sich hin!«

Es war sehr heiß. Die mit Ölfarbe gestrichene Küche war hell erleuchtet. Man saß Ellbogen an Ellbogen. Der Napf von Moïse stieß fast an Elies Teller, und Domb mußte näher zu Madame Baron rücken, um Valesco Platz zu machen. Dieser hatte aus seiner Manteltasche verschiedene Wurstwaren geholt, denn er bekam mehr Geld als die anderen, und auch wenn er keines hatte, fand er immer Möglichkeiten, sich welches zu leihen.

»Kennen sie Rumänien?«

»Ich habe ein Jahr in Bukarest gelebt«, antwortete Elie.

»Welch eine Stadt! Und Constanza!... Hier dagegen latscht man jahraus, jahrein durch Dreck.«

»Warum sind Sie dann hier?« konterte Madame Baron.

»Ärgern Sie sich nicht! Fragen Sie Monsieur... Nagéar?... Fragen Sie ihn, ob es nochmal so etwas wie Rumänien gibt... Und alles ist fast geschenkt... ein Hähnchen kostet ein paar Centimes.«

Elie hatte ganz rote Backen. Die Geräusche der Gabeln, der Stimmen und der Teller betäubten ihn. Er konnte sich keinen Zentimeter bewegen, weder nach links, wo Moïse saß, noch nach rechts, wo Valesco saß. Er konnte nicht denken.

Er starrte den Tisch an, die Blechbüchsen, die Stullen, die Kaffeetassen und kaute langsam sein Fleisch und sein Gemüse.

»Was trinken Sie gewöhnlich?« erkundigte sich Madame Baron.

»Bei uns trinkt man *Raki*. Das kennen Sie wohl kaum. Ich trinke Wasser...«

Er aß ohne Appetit. Seine Nase war wund. In seinen Schläfen pochte es, als habe er in einem zu heißen Bad gesessen. Monsieur Baron hatte fertiggegessen, schob seinen Korbsessel zurück und schlug eine Zeitung auf.

Jeder war mit sich beschäftigt. Der Vater rauchte eine Meerschaumpfeife, deren Kopf ihm bis auf die

Brust hing, und Antoinette fing am anderen Ende des Ofens zu spülen an.

Elie dachte nicht an van der Chose! Er dachte nicht einmal an Sylvie, die immerhin ihre ganze Jugend in diesem Haus verbracht hatte.

Genaugenommen waren seine Gedanken sonderbar. Er dachte vor sich hin: daß er älter war als die anderen Untermieter, daß er Vollpension hatte, daß ihm mit Respekt begegnet wurde, und das gefiel ihm.

»Essen Sie Käse?«

»Ja, doch heute habe ich keinen Appetit.«

»Obwohl die Miete nur achthundert Franc betrug, hatte er ihr tausend Franc gegeben, einen neuen Schein, einen aus dem Bündel.

»Verrechnen Sie es nächsten Monat?« hatte er gesagt.

Er sah die Zeitung ihm gegenüber. Es war ein Lokalblatt, *La Gazette de Charleroi*, in sehr großen Buchstaben auf rauhes Papier gedruckt.

Madame Baron aß wie immer im Stehen. Sie lief hin und her und bediente Elie.

»Sie haben ja Ihr Fleisch gar nicht aufgegessen!«

»Danke... Ich bin noch etwas vergrippt.«

»Die Grippe grassiert«, unterstrich Monsieur Baron. »Ich lese gerade, daß in London eine richtige Epidemie ausgebrochen ist. Die Sterberate ist letzte Woche um dreißig Prozent gestiegen.«

Dann war es wieder still. Sein gewaltiger Schnurrbart erzitterte, wenn er Rauch ausblies.

»Haben sie den Mörder gefaßt?« fragte Antoinette.

Elie, der immerhin wußte, daß es sich um ihn

handelte, erschrak nicht. Er hob den Kopf, nicht neugieriger als die anderen.

»Noch nicht ... Hier steht, daß sie ihm auf den Fersen sind und die Verhaftung bevorstehe. Auf der Bank von van der Cryssen hat man die Nummern der Banknoten festgestellt.«

Monsieur Baron sah in die Runde und wurde ein anderer Mensch, einer, der auf den Strecken der belgischen Eisenbahn von Abteil zu Abteil geht und die Fahrkarten kontrolliert.

»Und da gibt es doch Leute, die glauben, der Beruf sei nicht gefährlich!« sagte er. »Hätte der Mörder nicht genausogut den Zugbegleiter umbringen können?«

Er war etwas verstimmt über das leichte Lächeln in Elies Gesicht, das aber gleich wieder erstarb.

»Genau! Glücklicherweise hat man wenigstens unser Pensionsalter auf sechzig herabgesetzt, auch für den Bürodienst.«

Elies Grinsen war mechanisch gewesen, eine nervöse Reaktion. In Wirklichkeit hatte er, während Monsieur Baron sprach, auf Madame Baron geachtet und etwas über ihr Gesicht huschen sehen: einen Zweifel, einen Verdacht, vielleicht weniger, eine Ahnung, einen flüchtigen Gedanken. Er nahm an, daß es mit dem Geld zusammenhing. Und der Schein, den er ihr gegeben hatte, mußte noch im Haus sein.

»Kaffee?«

Er hatte nur zwei Scheine ausgegeben: einen hatte der Friseur im ›Maison du Peuple‹ gewechselt, und den anderen hatte Madame Baron klein zusammengefaltet in ihr Portemonnaie gesteckt.

»Danke. Abends nie.«

»Wissen Sie, wieviel Verletzungen man an der Leiche entdeckt hat? Achtzehn!«

Er tat darüber genauso erstaunt wie die anderen.

»Achtzehn Schläge mit einem Schraubenschlüssel! Es wird vermutet, daß es ein Mechaniker ist oder zumindest jemand, der mit Werkzeug umzugehen weiß. Der Polizist, der die Pässe kontrolliert hat, kann sich nicht mehr an die Nationalität des Mannes erinnern, der dem Holländer gegenüber saß. Es waren um die fünfzehn Ausländer im Zug. Er glaubt, es war ein Grieche oder Italiener.«

Aus dem Ofen holte Madame Baron einen kleinen Pudding, den sie für Elie zubereitet hatte. Die anderen waren fertig mit Essen. Domb war ungewöhnlich still gewesen, machte seine Büchse zu, erhob sich und ging. Die Art, wie er sich verabschiedete, war fast militärisch.

»Er ist wütend«, stellte Valesco fest.

»Warum?«

»Weil jemand Neues mehr beachtet wird als er. Ganz abgesehen davon, daß Sie Jude sind und er Juden haßt.«

»Hasse ich denn jemanden?« fragte Madame Baron, die die Messer abtrocknete, die sie von ihrer Tochter gereicht bekam. »Solange man niemandem etwas Böses antut!... Vor dem Krieg hatte ich hier einen Russen und einen Polen... Zwei Jahre haben sie hier in diesem Haus gewohnt, ohne sich auch nur zu grüßen!... Antoinette, gib Monsieur Elie einen Aschenbecher.«

Monsieur Baron las. Seine Pfeife knisterte. Elie hatte die Ellbogen auf dem Tisch und rauchte eine Zigarette.

Ein heißer Schauer überlief ihn, der noch von der Erkältung und vom Fieber herrührte. Er spürte sein Blut in den Adern pulsieren. Er hatte ein andauerndes Kitzeln in den Nasenlöchern, und sein Rachen war gereizt. Der Tabak schmeckte eigenartig.

Die Geräusche kamen von den Frauen, die mit dem Steingut im Zinkbecken hantierten. Moïse sah auf das Tischtuch, und Valesco rauchte eine orientalische Zigarette, die ihm Elie angeboten hatte.

»In Istanbul essen wir viel später.«

»Um wieviel Uhr?«

»Um neun oder zehn Uhr abends.«

»Und was essen Sie?« erkundigte sich Madame Baron.

»Von allem etwas... Viele Kleinigkeiten, Vorspeisen, die man *Mezet* nennt..., außerdem Lamm, Gemüse, Unmengen Gemüse und Früchte.«

»Ist die Küche gut?«

»Sehr gut.«

Er dachte zurück, wie er am Vorabend seiner Abreise mit Freunden im ›Abdullah‹ in der Nähe der Anrichte gesessen hatte, die sich unter dem Gewicht der Platten gebogen hatte.

»Gefüllte Weinblätter zum Beispiel«, murmelte er.

»Das würde mir nicht schmecken.«

Im ›Abdullah‹ schüttelte er aller Welt die Hand, und jeder, dem er von seiner Abreise erzählte, sagte:

»Du hast Glück!«

»Welche Sprache spricht man bei Ihnen?«

»Französisch.«

»Gibt es keine andere Sprache?«

»Türkisch, aber in der feinen Gesellschaft spricht jeder Französisch.«

»Das ist komisch!«

Antoinette beobachtete ihn heimlich. Man sah ihr an, daß sie sich noch keine Meinung gebildet hatte und daß sie deswegen beunruhigt war.

»In Pera geht man spät nachts noch spazieren«, seufzte Elie. »Es ist mild. Man trifft Freunde, und in kleinen Cafés spielen türkische Musikanten.«

»Wie in Rumänien«, bekräftigte Valesco. »Um Mitternacht sind dort so viele Leute auf der Straße wie hier um sechs Uhr abends.«

»Wird denn am anderen Morgen nicht gearbeitet?«

Als Elie sich die Nase putzte, sagte Madame Baron:

»Ihr Taschentuch ist ja ganz feucht. Ich werde Ihnen eins borgen, bis Ihr Gepäck da ist. Antoinette, hol ein Tachentuch von deinem Vater! Eins aus der linken Schublade.«

Elie dachte an die beiden Banknoten, an die eine, die jetzt im ›Maison du Peuple‹ war, und die andere, die er seiner Wirtin gegeben hatte. Er war nicht beunruhigt. Er sagte sich, sobald Monsieur Baron mit der Zeitung zu Ende wäre, würde er ihn darum bitten, und in seinem Zimmer würde er sie einfach in den Ofen stecken. Was den Schein im ›Maison du Peuple‹ betraf, so würde sich wohl kaum jemand darum kümmern, die Nummern zu kontrollieren.

»Sind Sie direkt aus Vilna?« fragte er Moïse.

»Ich habe dort bis letztes Jahr gewohnt.«

»Ich bin zweimal durchgefahren. Im Winter. Es war sehr trist.«

»Der Sommer ist wunderschön! Ich habe Chemie studiert. Jetzt mache ich noch ein Ergänzungsstudium: Glasherstellung.«

Moïse sprach mit ihm aus einer Mischung von Respekt und Groll, wie ein Jude aus dem polnischen Ghetto zu einem vornehmen Juden aus Istanbul eben spricht.

»Letzte Neuigkeit«, ließ Monsieur Baron wissen und zog an seiner Pfeife. »Man hat festgestellt, daß der Mörder einen Komplizen oder eine Komplizin gehabt haben muß. Madame van der Cruyssen ist nach Paris gefahren und kümmert sich selbst um die Überführung des Leichnams.«

»Er war verheiratet?«

Einen Moment lang stockte Elie der Atem. Daran hatte er nie gedacht. Jetzt versuchte er angestrengt, sich die Frau des Holländers vorzustellen.

»Hier ist ihr Bild.«

Das Bild war schlecht, von einem verwaschenen Grau, doch man konnte eine sehr große, vornehme Frau erkennen, die den Fotografen auszuweichen versuchte.

»Sie war jünger als er ...«, sagte er.

Sie sah aus wie fünfunddreißig. Sie hatte noch keine Zeit gehabt, Trauerkleidung anzulegen.

»Hier ist ein Taschentuch«, sagte Antoinette.

Elie nutzte die Gelegenheit, sich ausgiebig die Nase zu putzen, und als er das Taschentuch einsteckte, hatte er einen roten Kopf. Madame Baron bemerkte es.

»Ich werde Ihnen einen schönen Grog machen, und

dann nehmen Sie zwei Aspirin, bevor Sie schlafen gehen.«

»Sie sind zu freundlich!«

»Ich bin nun mal so... Wenn man die jungen Leute machen ließe, würden sie sich doch nie erholen.«

Er wurde als junger Mann behandelt, genauso wie die anderen, obwohl er schon fünfunddreißig war. Moïse stand auf, nuschelte ein undeutliches »Gute Nacht« und zog sich in sein Zimmer zurück. Madame Baron horchte den sich entfernenden Schritten nach und zog leise die Tür zu.

»Das sieht ihm ähnlich!« seufzte sie. »Gerade noch wollte ich ihm den Rest Ihres Koteletts anbieten. Doch er ist zu stolz! Er hat den ganzen Tag nur ein Ei und Brot gegessen.«

»Was muß er auch studieren«, entgegnete Valesco.

»Und Sie?«

»Das ist nicht dasselbe. Meine Eltern haben große Besitztümer.«

»Und dennoch hauen Sie Ihr Geld schneller auf den Kopf als er.«

Sie sagte das ganz plötzlich, ohne Groll und wusch dabei ihr Geschirr weiter ab. Monsieur Baron schlug eine Seite seiner Zeitung um. Antoinette räumte hinter ihrem Vater die Tassen und Teller in den Geschirrschrank und stieß dabei an die Lehne des Korbstuhls:

»Soll ich rücken?«

»Es geht schon. Ich bin fertig.«

Madame schüttete das schmutzige Wasser in den

Ausguß und wrang mit knappen und schnellen Handgriffen ihren Lappen aus. Valesco erhob sich, streckte sich und gähnte:

»Sie gehen doch wohl nicht mehr aus?«

»Ach...«

»Auf alle Fälle, wenn Sie weiterhin solchen Lärm beim Nachhausekommen machen oder Ihren Schlüssel verlieren, dann verspreche ich Ihnen, daß ich Sie nicht mehr behalte... Sie und Ihre schmutzigen Frauen!«

Valesco zwinkerte Elie zu. Dieser steckte sich gerade eine neue Zigarette an. Jetzt, da es stiller geworden war, konnte man manchmal das Ticken des Weckers hören, der auf dem Kamin zwischen zwei Kupferleuchtern stand.

»Guten Abend, Antoinette, guten Abend allerseits...«

Und Valesco parfümierte, puderte und frisierte sich, um auszugehen.

»Das sind dumme Jungen«, vertraute Madame Baron Elie an. »Man muß sie ausschimpfen wie Kinder, sonst würde man seines Lebens nicht mehr froh. Sie sind seriöser, das habe ich Ihnen gleich angesehen. Welch ein Unsinn, sich in Ihrem Alter in die Politik einzumischen!«

Denn als er sie gebeten hatte, ihn nicht anzumelden, hatte er ihr erklärt, daß sein Heimatland ihn wegen seiner Ansichten ausgewiesen hatte.

»Wer regiert denn bei Ihnen? Ein König? Ein Präsident?«

»Ein Diktator.«

Er lächelte. Sein ganzer Körper war matt. Doch es war kein unangenehmes, sondern eher ein wohltuendes Gefühl. Er streckte sich in dieser armseligen Küche und schwelgte in einem fast vollständigen Wohlgefühl. Von Zeit zu Zeit erhaschte er den flüchtigen Blick Antoinettes und war zufrieden darüber, denn die Kleine war zweifellos beeindruckt.

Es war nicht Bewunderung, was sie für ihn empfand. Im Gegenteil! Sie beobachtete ihn mit einem gewissen Mißtrauen, so als spürte sie, und nur sie allein, daß er in diesem Haus nichts zu suchen hatte.

Aber bewies das nicht, genaugenommen, daß sie Angst hatte, in die Sache hineingezogen zu werden?

Er blieb sitzen. Der Aschenbecher war voll mit Zigarettenstummeln. Der Tisch war abgeräumt, und es lag bereits wieder die blau-weiß karierte Wachstuchdecke darauf. Madame Baron saß in der Nähe des Ofens und schälte Kartoffeln für den nächsten Tag, und Antoinette stopfte weiter an den Strümpfen, die Domb und Valesco gehörten.

»Wenn ich etwas nicht mag«, sagte Madame Baron, »dann sind das Menschen, die andere verachten. Sehen Sie! Alle Polen, die ich gehabt habe... Germain, möchtest du Monsieur Elie nicht ein Gläschen anbieten?«

Er erhob sich auf der Stelle und holte eine Flasche Schlehenlikör aus dem Wandschrank.

»Was sagen Sie dazu?... Den habe ich aus dem Großherzogtum Luxemburg. Ich fahre diese Strecke einmal wöchentlich.«

Der Likör hatte ein starkes Aroma. Der Geruch der

Pfeife vermischte sich mit dem milderen Geruch der Zigaretten. Manchmal vernahm man von oben die Schritte von Moïse.

»Er lernt bis zu dreizehn oder vierzehn Stunden am Tag. Die Briefe, die er bekommt, hat gar nicht seine Mutter geschrieben, denn sie kann nicht schreiben. Ein Nachbar, der Hausmeister ist, und der ...«

So konnte es ruhig weitergehen. Elie wollte gar nicht mehr von der Grippe geheilt werden. Selbst der leichte Schmerz seines steifen Nackens war eine Wohltat.

Er rief sich die Rue du Laveu draußen in Erinnerung, die niedrigen, von der Kohle geschwärzten Häuser, über denen Schienenlärm hing, an den Himmel, der mit dunklen Wolken verhangen war, und an den Sprühregen.

Hier, in der hellen, sauberen Küche, gab es das nicht mehr. Von Zeit zu Zeit warf Antoinette ihren Kopf zurück, weil ihr eine Haarsträhne in die Augen fiel.

»Was sagen Sie dazu?« sagte Monsieur Baron genüßlich. Er schlürfte seinen Likör und leckte sich dabei den Schnurrbart. »Sowas gibt's wohl nicht bei Ihnen, was?«

»Wir haben einen sehr guten Schnaps, den *Raki*. Er schmeckt so ähnlich wie das, was man in Bulgarien und Ägypten trinkt.«

»Haben Sie all diese Länder schon gesehen?«

»Ich kenne fast ganz Europa. Mein Vater war Tabakexporteur.«

»Wie Monsieur Wiser«, erklärte Madame Baron ihrem Mann.

Sie sagte das in einem ehrfürchtigen Tonfall. Es war zehn nach zehn. Monsieur Baron gähnte als erster, faltete seine Zeitung zusammen und legte sie auf den Tisch.

»Darf ich?«

»Aber bitte!«

»Das wird Sie nicht sonderlich interessieren. Es sind nur Neuigkeiten aus Borinage. Die Glasbläser kündigen einen Streik an. Noch ein Gläschen?«

Und Elie, mit puterroten Backen, glänzenden Augen, schmerzendem Genick, geschwollener Nase, hatte mehr und mehr das Gefühl, in Wärme und Annehmlichkeit zu versinken.

»Hast du wenigstens sein Bett gerichtet, Antoinette? Worauf wartest du denn noch?«

Und sie hörten, wie Antoinette oben die Matratze umdrehte, das Laken glattstrich und das Federbett aufschüttelte.

»Schlafen Sie gut! Sie brauchen nicht früh aufzustehen. Wenn Sie zu Bett gegangen sind, bringe ich Ihnen einen Grog und Aspirin.«

Das einzige, was ihn beunruhigte, während er sich in diesem Zimmer, das er noch nicht kannte, auszog, war die Fotografie von Madame von der Cruyssen. Sie war hochgewachsen, zu würdevoll, zu jung vor allem. Er erriet, trotz des schlechten Fotos, daß sie hübsch sein mußte.

»Sind Sie schon im Bett?« fragte Madame Baron, nachdem sie geklopft hatte.

»Eine Sekunde!... So, Sie können hereinkommen.«

Sie hatte ein Tablett in der Hand und bückte sich, um die Hose, die er einfach auf dem Boden hatte liegen lassen, aufzuheben und auf einen Stuhl zu legen.

»Trinken Sie, solange es heiß ist.«

## 5

Sylvie stieg aus der Straßenbahn. Die Haltestelle befand sich drei Häuser neben dem Haus ihrer Eltern, gegenüber der Lebensmittelhandlung. Als sie die Straße überquerte und versuchte, dabei nicht ständig in Pfützen zu treten, überlegte sie, ob die Lebensmittelhändlerin Madame Horisse, die durch ihr Ladenfenster immer alles beobachtete, sie wiedererkannte.

Sylvie brauchte nicht zu klopfen. Die Tür war nur angelehnt. Sie ging rein, und nach zwei Schritten sah sie ihre Mutter im ersten Zimmer, wo das Bett noch nicht gemacht war.

»Ach du bist's. Du hast mich erschreckt!«

Aus Gewohnheit hielt ihr Madame Baron die Wange hin, und Sylvie berührte sie flüchtig mit ihren Lippen. Die Rumflasche stand noch auf dem Nachttisch, daneben ein leeres Glas.

»Bleibst du lange in Charleroi?«

Madame Baron sah Sylvie nie ohne Argwohn an. Nichts entging ihr. Weder daß die Handtasche neu war noch daß sie ein sehr schlichtes Kostüm trug. Sie bemerkte auch ihre Besorgnis und wie übernächtigt sie aussah.

»Ich trinke eine Tasse Kaffee mit euch«, sagte Sylvie.

Sie ahnte, daß Elie in dem ersten Zimmer wohnte, traute sich aber nicht zu fragen und ging in die Küche, die ganz verqualmt war. Ein Mann saß vor dem Herd. Sie hätte ihn fast angerempelt, so dunstig war es.

»Sie lassen ja die Suppe verkochen!« rief sie aus, stürzte zum Herd und nahm den Topf vom Feuer.

Während Sylvie nach einem Deckel suchte, konnte man durch die Herdringe hindurch den Schein der glühenden Kohlen sehen. Als sie sich umdrehte, war Moïse aufgestanden und verbeugte sich. Er hielt ein hektographiertes Skript in der Hand.

Elie saß vor Rührei mit Speck und erhob sich nur halb zum Gruß.

»Essen Sie weiter! Ich bitte Sie!«

Die Wände und Fenster waren beschlagen, die Luft war kaum zu atmen. Sylvie öffnete die Tür, doch nicht ohne Nagéar heimlich zu beobachten.

Er stand gerade auf. Was sein Äußeres betraf, so hatte er sich lediglich kurz die Haare gekämmt. Er trug auch keinen Kragen, genauso wie Monsieur Baron, wenn er zu Hause war.

Jetzt, da er weiter aß, und Moïse wieder in seinen Lehrgang vertieft war, hatte Sylvie das Gefühl, sie sei jäh in ein Heim eingebrochen, so sehr gehörten die beiden Männer und diese Umgebung zusammen.

»Haben Sie Grippe?« fragte Sylvie und setzte sich in den Korbstuhl.

»Ja, und einen steifen Nacken.«

Sie ließ ihn nicht aus den Augen. Sie schwiegen sich an, und diese Stille machte, daß der Student den Kopf hob und nacheinander Sylvie und Nagéar anstarrte.

»Fühlen Sie sich wohl hier?«

»Jeder ist freundlich zu mir.«

Diesmal verzog Sylvie den Mund. Es gab keinen Zweifel, sie war wütend: sei es auf Elie, sei es auf den polnischen Juden, der sich nicht entschließen wollte zu gehen.

»Alles in allem wohnen die Untermieter also in der Küche.«

Auf der Stelle erhob sich Moïse Kaler, ging zur Tür und verschwand im Korridor. Sylvie wollte keine Zeit verlieren.

»Sie haben die Nummern der Scheine«, sagte sie und beugte sich vor.

»Ich weiß.«

In ihren Augen blitzte die Wut auf.

»Und das sagst du seelenruhig und ißt deine Eier?«

Er war wirklich ruhig! Er war sich dessen zwar nicht bewußt gewesen, doch jetzt, da sie ihn darauf aufmerksam machte, wunderte er sich selbst über seine Gelassenheit. Er hatte die ganze Nacht geschwitzt und spürte kaum noch die Folgen seiner Erkältung. Lediglich sein Nacken war noch steif, und er konnte den Kopf nur vorsichtig drehen.

»Hast du meiner Mutter das Geld im voraus gegeben?«

»Natürlich!«

Sie warf ihm einen bösen Blick zu, stand auf und schaute in die Suppenschüssel, die auf dem Buffet stand. Das Stück war nie als Suppenschüssel benutzt worden und enthielt lediglich alte Briefe, eine Steuererklärung und ein silbernes Glöckchen mit einem blauen Band. Im Portemonnaie fand Sylvie den Tausend-Franc-Schein.

»Was wirst du machen?«

Von diesem Moment an war klar, daß sie einander nicht mehr verstanden. Man konnte glauben, Elie begriff gar nicht, worum es ging.

»Es gibt nichts zu machen«, sagte er.

Sie setzte den Deckel wieder auf die Suppenschüssel.

»Überleg dir gefälligst, wie du den Schein gegen einen anderen tauschst, verstanden?«

Sie redete zu laut. Sie hatte alle Vorsicht vergessen. Er legte einen Finger auf die Lippen und fing an, im Feuer herumzustochern, wie er es bei Moïse gesehen hatte.

»Ich habe dein Gepäck mitgebracht. Es ist im ›Café de la Gare‹.«

Elie schenkte sich eine zweite Tasse Kaffee ein. Er hatte die Kanne in der Hand und sah Sylvie mit einem Blick an, als wolle er sie fragen: ›Sie auch noch etwas?‹

In diesem Moment bemerkte sie, daß seine Füße in den braunen Filzpantoffeln ihres Vaters steckten.

»Hier kannst du nicht bleiben! Ein Eisenbahnangestellter hat ausgesagt, daß er dich nach Belgien hat zurückfahren sehen. Man wird in Brüssel Nachforschungen anstellen.«

»Wohnst du noch im ›Palace‹?«

»Idiot!«

Sie ging zur Tür und sah ihre Mutter am Ende des Korridors den Steinboden wischen.

»Ist schon Samstag?« überlegte sie. »Ich teile ein Zimmer mit einer Freundin aus dem ›Merry-Grill‹. Sie ist in alles eingeweiht.«

»Sehr schlau!«

Er blieb mit heißem Rücken an den Herd gelehnt

stehen und sah auf den kalten und stillen Hof vor dem Fenster.

»Ich weiß nicht, wer hier schlau ist, doch ich will, daß du von hier verschwindest.«

Er drehte den Kopf zur Seite und murmelte:

»Ich habe kein Geld.«

»Das ist mir egal! Nimm! Hier hast du dreihundert Franc. Damit kannst du über die holländische Grenze kommen.«

Seine Trägheit machte sie wütend. »Ist das alles, was du dazu zu sagen hast?«

»Pst! Deine Mutter kommt.«

Richtig, Madame Baron kam herein und trocknete sich die Hände ab. Sie sah ihre Tochter an, und möglicherweise lag ein leiser Verdacht in ihren Augen.

»Ihr Zimmer ist fertig, Monsieur Elie. Antoinette wird Ihnen den Ofen anmachen. Ich muß noch die Küche wischen und das Kupfer putzen.«

Sie hantierte mit den Töpfen, legte Kohlen auf, sah auf die Uhr und ging wieder hinaus.

Sylvie wurde wütender.

»Du hast dich wohl fest entschlossen, nicht zu gehen?«

»Ich kann nicht gehen, mit dreihundert Francs. Ich tue doch niemandem etwas.«

Er verzog das Gesicht, er hatte seinen Kopf zu heftig bewegt. So hatte ihn Sylvie noch nie gesehen: den Kragenknopf auf dem Adamsapfel, nachlässig gekleidet, die Füße in zu großen Pantoffeln, und zu allem Überfluß tat er so, als könnte ihm nichts etwas anhaben.

»Hast du wenigstens die restlichen Scheine verbrannt?«

»Noch nicht. Und du?«

»Ich hab sie verbrannt.«

Und er dachte: ›Das ist nicht wahr!‹

Dann, mit lauter Stimme:

»Da kommt Antoinette.«

Er erkannte sie schon an ihrem Gang. Sie klapperte ein paarmal am Briefkasten, und ihre Mutter öffnete die Tür. Kurz darauf war sie in der Küche und stand plötzlich vor ihrer Schwester.

»Ach, du bist's ...«

Sie hatte Fleisch eingekauft und legte es auf den Tisch. Wie Madame Baron hielt sie Sylvie die Wange hin und ging zum Ofen, um sich die Hände zu wärmen. Da niemand etwas sagte, brummte sie bald:

»Ich störe euch doch nicht?«

Sie betrachtete ihre Schwester offen provokativ.

»Bist du verrückt?«

»Sag mal, kannst du nicht das nächstemal darauf achten, daß die Strümpfe, die du mir mitbringst, nicht zur Hälfte aus Baumwolle sind? Und Sie, Monsieur Elie, Sie sollten besser ins Bett gehen!«

Sie blieb. Das machte sie absichtlich. Man merkte es an ihrem Verhalten und ihren deutlichen Gesten.

»Ißt du mit uns?«

»Ich glaube nicht.«

»Warum bist du dann gekommen? Monsieur Elie, wenn Sie schon in der Küche bleiben, setzen Sie sich wenigstens! Mir wird ganz schwindlig, wenn ich Sie sehe, mit Ihrem schiefen Kopf.«

»Deine Erziehung läßt immer noch zu wünschen übrig«, bemerkte Sylvie.

»Was willst du? Ich trage eben keine Strümpfe aus reiner Seide.«

Dann herrschte Stille. Die Suppe fing wieder an zu brodeln, und die Küche war voller Dampf.

»Hör mal, ich muß wissen, ob du bleibst. Dann hol ich nämlich noch ein weiteres Steak.«

»Keine Umstände!«

Antoinettes Blick fiel auf die Suppenschüssel auf dem Buffet. Das Mädchen ging mit drei Schritten darauf zu und sah ihre Schwester kurz an. Ihr war aufgefallen, daß ein Stück blaues Papier unter dem Deckel hervorschaute. Sie hob den Deckel hoch, kramte in den Papieren, sah den Tausend-Franc-Schein und schien beruhigt.

»Was machst du?«

»Nichts. Ich finde es nur eigenartig, aus Brüssel zu kommen, nur um ein paar Minuten in einer Küche zu verbringen, in der es nach Bohnensuppe riecht.«

Sylvie stand schulterzuckend auf.

»Geben Sie mir eine Zigarette«, sagte sie zu Elie.

Antoinette ließ sie nicht aus den Augen.

»Es ist wohl besser, ich laß euch allein, nicht wahr?«

»Hast du ihr etwas gesagt?« flüsterte Sylvie, als ihre Schwester verschwunden war.

»Ich? Nie im Leben!«

»Ich sag's dir noch mal, ich will, daß du verschwindest! Verstanden?«

Als jemand eintrat, rückte sie schnell von ihm ab.

Es war Domb, der geschniegelt und gebügelt hereinkam, die Hacken zusammenschlug und Sylvies Hand küßte.

»Wenn ich gewußt hätte, daß eine hübsche Frau hier ist, hätte ich mir nicht erlaubt, so hereinzuplatzen.«

Er liebte lange Reden, und er bewunderte die Frauen.

»Ich hoffe, Sie haben gut und fest geschlafen!« sagte er zu Nagéar.

Er bemerkte gar nicht, daß ihre Gesichter mürrisch waren. Er kam von seiner Lehrveranstaltung. Er ging zum Ofen und rieb zufrieden seine sauberen und gepflegten Hände.

»Es ist das zweite Mal, daß ich das Vergnügen habe, Sie zu sehen; eben gestern sagte ich zu Ihrer Frau Mutter...«

»Ja, ich muß noch mit meiner Frau Mutter reden«, unterbrach ihn Sylvie schroff und ging aus der Küche.

Monsieur Domb war durcheinander.

»Was hat sie? Habe ich etwas Falsches gesagt?«

Elie saß eingehüllt in den Rauch seiner Zigarette und hörte kaum hin.

»Na bitte! Wenn du dich langweilst, liebe Tochter, mußt du eben gehen«, hörte man die Stimme von Madame Baron im Korridor. »Wir können dir noch nicht mal ein Hühnchen anbieten.«

Sylvies Absätze klapperten über die Fliesen des Korridors. Sie kam wieder in die Küche, suchte ihre Tasche und nahm sie mit einer heftigen Bewegung an sich.

»Sie fahren weg?« wunderte sich Monsieur Domb, der sich anschickte, ihr erneut die Hand zu küssen.

Sie gab keine Antwort und ging, nachdem sie Elie noch einmal einen drohenden Blick zugeworfen hatte. Kurz darauf fiel die Haustür zu.

»Sie ist sehr, sehr hübsch«, wiederholte der Pole. »Ich weiß nicht, ob Sie bemerkt haben...«

Elie verließ ebenfalls den Raum und ging in sein Zimmer. Antoinette hockte vor dem kleinen runden Ofen und wartete, bis das Holz brannte, um Kohlen darauflegen zu können.

Das venezianische Fenster ging auf die Straße. Die Trottoirs waren fast trocken, gräulich-kalt. Auf der Straße war das ganze Jahr über eine Schicht Kohlenstaub, und jetzt hatte sich eine dünne Eisschicht darübergelegt. Sylvie stand nicht an der schräg gegenüberliegenden Haltestelle. Sicher ging sie wütenden Schritts Richtung Stadt. Von links vernahm man Stimmengewirr, dann Geschrei, eiliges Durcheinander von Schritten, und schließlich sah man Kinder, die aus der Ecole Communale strömten. Es war elf Uhr dreißig.

»Übrigens«, begann Nagéar, »ich wollte Sie fragen...«

Er wartete auf ein ermutigendes Zeichen Antoinettes, die immer noch auf dem Fußboden kniete.

»Nun?« fragte sie ungeduldig.

»Ich fühle mich noch nicht erholt genug, um rauszugehen. Hätten Sie vielleicht die Freundlichkeit, mein Gepäck zu holen?«

»Sieh mal einer an! Sie haben wirklich Gepäck?«

Er verlor beinahe den Boden unter den Füßen und schaute wieder auf die Straße.

»Ich habe es im ›Café de la Gare‹ gelassen. Ich wußte ja nicht, wo ich ein Zimmer finde.«

»Warum haben Sie Sylvie nicht gebeten, es mitzubringen, wenn Sie schon mit ihr schlafen...? Sie brauchen kein langes Gesicht zu ziehen! Machen Sie meiner Mutter vor, was Sie wollen, aber nicht mir!«

Sie unterbrach sich, und die Kohlen fielen laut von der Schaufel in den Ofen. Als sie damit fertig war, sah sie wieder zu Nagéar, der verstockt den Kopf wegdrehte.

»Was wollte sie denn, meine Schwester? Geben Sie zu, daß sie wütend war, wegen der Scheine!«

Sie vergewisserte sich, ob niemand hinter der Tür stand. Das Bett war gemacht, das Zimmer war aufgeräumt, und erste Wärmewellen verdrängten die Kälte. Das Feuer knisterte. In das offenstehende Aschenfach fiel rote Glut.

»Sie brauchen mir nicht zu mißtrauen! Ich ahne schon, was los ist. Als ich in die Küche gekommen bin, habt ihr euch angeschaut wie Porzellanhunde. Sylvie will, daß Sie verschwinden...«

Ohne es zu wollen, hob er den Kopf, und sein Blick traf zwei feurige Augen, so rot wie ihr Schopf, der immer in Unordnung war.

»Ich kenne meine Schwester besser als Sie. Was die Banknote betrifft, kümmern Sie sich nicht darum. Ich werde versuchen, sie vor Montag zu wechseln. Die Zeitung habe ich heute morgen verbrannt.«

Deshalb hatte er sie also nicht gefunden! Er hatte danach gesucht, als er einen Moment allein in der Küche war. Wahrscheinlich veröffentlichten die Zeitungen die Nummern der Scheine nicht noch mal.

»Ist Ihr Gepäck schwer?«

»Zwei Koffer und ein Waschbeutel. Sie brauchen wohl ein Taxi.«

»Sie lassen sich von meiner Schwester einschüchtern?«

Er bemühte sich, nicht zu erröten, doch vergeblich.

»Ich hole schon Ihre Sachen. Dann können Sie etwas Sauberes anziehen.«

Er hörte sie mit ihrer Mutter sprechen. Dann stieg sie zwei Treppen höher. Elie hatte die Anzahl der Räume geschätzt. Neben seinem Zimmer befand sich ein Eßzimmer, in das jedoch nie ein Fuß gesetzt wurde und in dem es stark nach Linoleum roch. Im ersten Stock waren nur zwei Zimmer, das von Valesco, direkt über ihm, und das von Domb, mit Fenster zum Hof. Ein zweites Stockwerk gab es genaugenommen gar nicht. Moïse Kaler bewohnte ein Mansardenzimmer mit einem auf dem Dachfuß eingelassenen Fenster. Herr und Frau Baron hatten das Zimmer daneben, und Antoinette verfügte nur über eine Kammer, in die durch eine Dachlucke Licht fiel.

Als sie wieder herunterkam, ging sie schnurstracks durch den Korridor. Elie sah sie den Gehweg entlanggehen. Sie trug einen erbärmlichen grünen Wollmantel, den sie in Hüfthöhe zusammenhielt.

Wenn man sie nicht kannte, hätte man sie für eine kleine Landstreicherin halten können, besonders wegen der Art, wie sie ihren Hut ins Gesicht gezogen hatte und sich in ihren eckigen Hüften wiegte. Die Absätze ihrer Schuhe waren schiefgelaufen. Ihre

Strümpfe schlotterten um die Beine, und auf ihr eingepudertes Gesicht hatte sie, so unpassend wie nur möglich, einen blutroten Mund gemalt.

Es klopfte an die Tür. Das war Madame Baron.

»Ich will nur sehen, ob das Feuer brennt.«

Sie konnte keine fünf Minuten still stehen. Der Ofen war so heiß, daß sie die Klappe nur mit einem Handtuch anfassen konnte.

»Ich bin sicher, daß Sie bei sich zu Hause nicht solche Kohlen haben wie hier. Ich bekomme sie direkt von der Grube. Dadurch kann ich sie Ihnen für einen Franc fünfzig pro Eimer abgeben. Mit einem Eimer kommt Monsieur Domb, der sehr leicht friert, zwei Tage aus, selbst im tiefsten Winter.«

Sie schaute herum, ob alles in Ordnung war.

»Was sagen Sie zu meiner Tochter? Wissen Sie, sie ist viel anständiger, als es den Anschein hat. Sie war immer verrückt aufs Tanzen. Doch ich gebe zu, daß es mir lieber ist, wenn sie nicht zu häufig kommt. Haben Sie Schwestern?«

Elie brauchte einen Moment, bevor er antworten konnte. Er hatte beinahe vergessen, ob er Schwestern hatte oder nicht. Die Frage zwang ihn, sich in eine andere Welt zurückzuversetzen, und er murmelte:

»Ich habe eine Schwester.«

»Ist sie hübsch? Lebt sie in der Türkei?«

Ja, sie lebte in Pera. Sie mußte auch hübsch sein, denn alle seine Frende hatten ihr den Hof gemacht. Dennoch, trotz ihrer siebenundzwanzig Jahre, war sie noch nicht verlobt. Zum ersten Mal fragte sich Elie, ob sie wohl Abenteuer gehabt hatte.

Mit einiger Mühe rief er sich das moderne Appartement in Erinnerung, in dem großen modernen Wohnhaus, wo Esther mit ihrer Mutter lebte. Doch es gelang ihm nicht, sich an Einzelheiten zu besinnen. Er bemerkte plötzlich, daß ihm nie aufgefallen war, daß er selbst seine Schwester gar nicht kannte.

»Haben Sie Fotografien in Ihrem Gepäck?«

»Ich glaube nicht. Nein.«

»Das ist schade. Alle meine Untermieter hängen Bilder ihrer Familie an die Wand. Inzwischen kenne ich ihre Mütter, ihre Brüder und ihre Schwestern. Einige waren sogar hier zu Besuch und schreiben mir jetzt noch. Nehmen Sie Monsieur Domb: Seine Mutter war voriges Jahr hier. Monsieur Domb hat kaum noch Haare auf dem Kopf, nicht wahr. Nun, seine Mutter ist eine sehr hübsche Frau, sehr jung, und als sie zusammen spazierengingen, hielt man sie für ein Liebespaar. Sie hat in diesem Zimmer geschlafen.«

All das zu erzählen hinderte Madame Baron nicht daran Staub zu wischen, und alle Gegenstände herumzurücken. Zweimal trat sie etwas zurück, um sich zu vergewissern, ob der Übertopf aus gehämmertem Kupfer auch genau in der Mitte des Fensters auf seinem gehäkelten Deckchen stand.

»Übrigens, meinem Mann brauchen Sie nicht zu erzählen, daß ich Sie Ihre Anmeldung nicht habe ausfüllen lassen. Er ist Beamter, Sie verstehen! Er sieht die Sachen anders als wir.«

Manchmal fuhr bimmelnd eine rot-gelbe Straßenbahn vorbei. Aus einer nahegelegenen Zeche kamen schwere Kohlekarren, mindestens zehn hintereinander. Sie holperten mit ihren großen Rädern über das Pflaster, Kärrner zogen sie, und die Deichseln lagen auf ihren Schultern.

Sylvies Zug ging erst in einer Stunde. Sie aß etwas in der Bahnhofswirtschaft, von wo aus sie ihre Schwester ins ›Café de la Gare‹ gehen und mit zwei Koffern wieder herauskommen sah.

In Brüssel regnete es, doch die Stadt machte einen weniger tristen Eindruck. Das lag an den Lichtern und an der Musik, die aus den großen Cafés kam.

Um acht Uhr saß Sylvie allein an einem Tisch der Brasserie am Place de Brouckère, in der Nähe des Orchesters. Sie trug bereits Abendgarderobe. Sie aß kalten Braten und trank Bier. Der magere junge Pianist lächelte ihr ständig zu, und sie lächelte gleichgültig zurück.

Es war erholsam wie ein Bad: der große Saal, in dem eine Wolke von Qualm aufstieg; der Geruch des Biers und des Kaffees; der Klang der Gläser und das Geklapper des Bestecks, und vor allem diese Wiener Melodien, von denen der Raum erfüllt war.

Am nächsten Tisch saß ein junger Bursche, nervös und blaß. Er trug trotz der Kälte nur eine dünne Regenhaut und als Krawatte eine große Schleife. Sylvie mußte lächeln, als sie auf dem Stuhl daneben einen breitkrempigen Filzhut liegen sah.

Er war Künstler, ein Maler oder Dichter. Höchstens zwanzig. Er zog stur an seiner kurzen Pfeife und sah Sylvie, ganz anders als der Klavierspieler, mit schmachtenden Blicken an.

Beim dritten Stück fiel es dem Musiker auf, und er blinzelte der jungen Frau komplizenhaft zu.

Die Zeit verstrich. Das ›Merry Grill‹ machte erst um zehn Uhr auf. Vom Programmchef, den Sylvie kannte, war sie als Animierdame angestellt worden, verbunden mit dem Versprechen, in der darauffolgenden Woche einen Auftritt zu bekommen.

Es war ein Kommen und Gehen. An den Marmortischen spielte man Trick-Track und Karten. Der Qualm zwischen den Köpfen der Gäste und unter der vergoldeten Stuckdecke wurde immer dichter.

Es war Viertel vor zehn. Sylvie lächelte dem Musiker ein letztes Mal zu und ging. Bevor sie an der Tür war, drehte sie sich noch mal um und sah, daß der junge Mann mit der Schleife ihr folgte. Es regnete weniger. Zum ›Merry Grill‹ waren es nur fünfhundert Meter.

›Wird er mich ansprechen?‹ überlegte sie.

Sie ging schnell, verlangsamte ihre Schritte, ging wieder schneller, und als sie beim Portier des Cabarets angekommen war, hatte der junge Mann noch nicht das Wort an sie gerichtet.

»Ist Jacqueline schon da?«

»Ich habe sie nicht gesehen.«

Sie stieg in die erste Etage, ließ ihren Mantel in der Garderobe, und machte sich kurz zurecht.

Als sie sich der Bar näherte, saß der junge Mann auf einem Barhocker, betrachtete gleichgültig die leeren Räumlichkeiten und rauchte seine Pfeife. Jacqueline kam herein. Sie war groß und mollig und trug ein grünes Satinkleid, mit einer riesigen rosa Samtblume auf der Schulter.

»Nun?«

Der Barkeeper war damit beschäftigt, seine Gläser und Flaschen zu ordnen und beachtete sie gar nicht.

»Ich war in Gent und Antwerpen. Ich konnte zwanzig Scheine wechseln. Sie sind in meiner Tasche. Und du? Hast du ihn gesehen? In welcher Verfassung ist er?«

»Man könnte meinen, daß ihm alles völlig egal ist.«

»Kommt er nach Brüssel?«

»Ich glaube nicht. Er ißt, als wenn nichts geschehen wäre. Er sitzt am warmen Ofen. Er...«

Der junge Mann sah sie über Jacquelines Schulter an. Fast hätte sie ihm eine Grimasse geschnitten, doch dann, ohne recht zu wissen warum, entschloß sie sich zu lächeln.

»Keeper! Noch mal dasselbe!«

Es hörte sich nicht an, als würde er das oft sagen. Sicher hatte er diesen Satz in einem Roman gelesen, und sein Blick wanderte, ohne daß er es wollte, zur Preisliste.

»Was wirst du tun?«

»Ich weiß nicht. Auf alle Fälle, wir wissen von nichts. Morgen wechselt du die letzten Scheine in Liège und Namur.«

»Glaubst du, das ist klug? Ich bekomme langsam Angst.«

Doch Jacqueline war folgsam. Sie tat, was man von ihr verlangte. Eine Klingel schrillte. Das war das Zeichen, daß Gäste kamen. Die beiden betrachteten sich im Spiegel, setzten ein freundliches Gesicht auf, schwangen sich auf die Barhocker, während der junge Mann Sylvie wieder mit schmachtenden Blicken ansah.

## 6

Es war der dritte Abend. Das Abendessen ging zu Ende, und jeder tat das, wozu er Lust hatte. Domb zündete sich eine Zigarette an, und Elie bemerkte:

»Ich wette, Sie glauben, daß Sie ägyptischen Tabak rauchen.«

»Wollen Sie mir vielleicht einreden, es sei türkischer?« entgegnete der Pole, den der Chauvinismus der anderen reizte.

»Aber ja! Sie müssen nämlich wissen, daß es in Ägypten verboten ist, auch nur einen Fußbreit Tabak anzubauen. Ich habe ja nicht nur dort gelebt, nein, mein Vater war auch einer der größten Tabakexporteure des Orients.«

Domb erwiderte nichts mehr und senkte den Blick. Es war bereits das dritte Abendessen, bei dem es nur um die Türkei ging, und er wollte Elie nicht auch noch anstacheln.

Madame Baron war neugieriger und fragte über den Tisch: »Haben Sie seine Geschäfte nicht übernommen?«

»Als ich sie hätte übernehmen sollen, wollte ich nicht im Traum daran denken. Ich bin herumgereist. Den Sommer verbrachte ich in den Bergen, in Tirol oder im Kaukasus und den Winter auf der Krim oder an der Côte d'Azur.«

»Sie waren wahrscheinlich das einzige Kind?«

»Nein, ich habe eine Schwester.«

»Stimmt, das hatte ich vergessen. Und ihr Vater ist tot?«

»Er spekulierte, und als es mit seinem Glück zu Ende ging, hat er sich aus dem Staub gemacht. Er hinterließ gerade so viel, daß es für meine Mutter und meine Schwester zum Leben reichte.«

Moïse sah auf die Tischdecke, ihn schien es nicht zu interessieren, ob jemand sprach oder nicht. Valesco taxierte Nagéar von Zeit zu Zeit mit einem kurzen Blick. Allein Madame Baron trank seine Worte, während Antoinette und Domb so taten, als dächten sie an etwas anderes.

Monsieur Baron hatte bereits seinen Korbstuhl zurückgeschoben und die *Gazette de Charleroi* aufgeschlagen. Der Tag war kälter gewesen als die vorangegangenen. Der Himmel war ganz blaß geworden, das Wasser in den Rinnsteinen war gefroren, und die Kinder schlitterten darauf.

»Sie sollten sich warm einpacken und ein wenig rausgehen, Monsieur Elie«, hatte ihm Madame Baron bereits mehrmals empfohlen. »Wenn Sie sich immer nur von einem Stuhl zum anderen schleppen, müssen Sie sich ja krank fühlen.«

Er mußte sich seltener schneuzen. Seinen steifen Nacken spürte er nur noch ab und zu, zum Beispiel, wenn er ein oder zwei Stunden vor dem Feuer gehockt hatte. Doch er wollte nicht rausgehen. Er fühlte sich nur drinnen im Haus wohl, in seinen vier Wänden, in seinem Zimmer oder in der Küche, und, was erstaunlich war, er langweilte sich nicht, obwohl er überhaupt nichts tat. Er wagte kaum, sich anzuziehen. Wie Monsieur Baron, trug auch er keinen Kragen. Der Kupferknopf saß ihm auf dem Adamsapfel. Seine Füße steckten in karierten Pantoffeln.

»Haben Sie kein Bild von Ihrer Schwester?«

»Leider nein! Wenn ich meine Fotografien hier hätte, würde ich Ihnen unsere Villa in Prinkipo zeigen.«

»Was ist das, Prinkipo?«

»Das ist eine Insel im Marmarameer, eine Stunde von Istanbul. Sobald der Frühling anfängt, zieht alles aus der Stadt hinaus nach Prinkipo. Das Klima ist wundervoll. Jeder hat sein *Kajik*.«

»Ein Kajik?«

»Ein sehr leichtes Segelschiff. Abends sieht man Dutzende davon. Sie treiben auf dem Meer, das so ruhig ist wie ein See. Man nimmt Musiker mit. An den Ufern liegen die Minarette. Der Duft unzähliger Blumen erfüllt die Luft.«

Das waren keine Lügen. Alles war wahr. Die Landschaft zog mit solcher Klarheit an ihm vorbei, daß er sie hätte zeichnen können. Doch er fühlte sie nicht. Er hatte Mühe, sich davon zu überzeugen, daß er da unten den größten Teil seines Lebens verbracht hatte.

Deshalb sprach er davon, und auch, weil er sah, daß Madame Baron ihm an den Lippen hing. Als Antoinette nur eine kleine Bewegung machte, sagte Madame Baron nervös:

»Sitz doch still, wenn Monsieur Elie spricht.«

Sie lauschte seinen Sätzen wie den Ritornellen einer Romanze.

»Wie sind die Leute angezogen?«

»Wie überall... Das heißt, vor der Machtergreifung Mustapha Kemals, trugen die meisten Leute orientalische Kleidung.«

»Sie auch?«

»Nein. Ich bin kein Mohammedaner. In der feinen Gesellschaft von Pera kleidete man sich schon immer wie in Paris, außer daß man einen Fes auf dem Kopf trug.«

Domb stand auf. Er war verärgert und ging nach einer knappen Verbeugung auf sein Zimmer. Madame Baron vergaß das Abwaschen, und Monsieur Baron rauchte und warf zwischendurch einen Blick über seine Zeitung.

»Inzwischen ist das Leben in Pera anders geworden. Wegen der Krise. Doch vor einigen Jahren war die Stadt fast schöner und prächtiger als Paris. Alle Sprachen waren vertreten. Die Leute waren sehr reich.«

Er log nicht und hatte doch das Gefühl zu lügen! Er suchte in seiner Erinnerung, was er noch erzählen könnte, nach etwas so Tröstlichem und Einschmeichelndem wie einem neapolitanischen Volkslied.

»Wenn wir an die ›Süßen Wasser Asiens‹ fuhren...«

Er war mit dem Essen fertig und lehnte sich auf seinem Stuhl zurück, so wie er es bei den anderen Untermietern gesehen hatte.

»Wissen Ihre Mutter und Ihre Schwester, daß Sie in Belgien sind?«

»Nein, ich habe ihnen noch nicht geschrieben.«

Madame Baron raffte sich nun doch auf zu spülen und gab Antoinette ein Geschirrtuch in die Hand.

»Bei uns«, sagte Valesco, »spielt sich das elegante Leben in Konstanza am Schwarzen Meer ab.«

Doch man hörte ihm nicht zu. Niemand interessierte sich für Rumänien.

»Es gibt nichts, was man mit dem Bosporus vergleichen könnte.«

Moïse Kaler, der nur vom Vilnaer Ghetto hätte erzählen können, zog sich ohne viel Aufhebens zurück.

»Warum gehen Sie denn nicht ins Theater, Monsieur Elie? Heute abend gastiert eine Truppe aus Brüssel. Die Linie 3 hält direkt vor dem Theater.«

»Davon halte ich nichts.«

»Sie mögen Theater nicht?«

»Ich war schon so oft dort. Bei uns geht man selten vor drei oder vier Uhr morgens ins Bett.«

Das fettige Wasser plätscherte im Spülbecken, und das Porzellan schlug aneinander. Elie rauchte und schaute vor sich hin, vollkommen friedlich, und sein Körper wurde von Grippe und Wohlgefühl durchströmt. Beides vermischte sich. Er hatte gar keine Lust, gesund zu werden, und wenn er sich fieberfrei fühlte, trank er einen heißen Grog, damit ihm wieder der Schweiß ausbrach.

»Haben Sie vor, lange in Belgien zu bleiben? Ich bin sicher, Sie werden sich bald langweilen. Sie sind doch so sehr an ein anderes Leben gewöhnt.«

Was Madame besonders beeindruckt hatte, war der Inhalt seiner Koffer. Er hatte Seidenwäsche mit aufgestickten Initialen, ein silbernes Toilettenetui, etliche Krawatten und einen maßgeschneiderten Frack.

»Tragen Sie ihn oft?«

»Immer wenn ich abends ausgehe.«

Nun, er selbst betrachtete den Frack mit einigem Erstaunen. Er konnte es selbst kaum mehr glauben, daß er noch vor zwei Wochen an Bord der ›Théophile Gautier‹ war, wo allabendlich einer von Sylvies Verehrern Champagner spendierte.

Hier bekamen alle Worte einen anderen Wert. Wenn er Champagner sagte, beschwor er für Madame Baron prunkvolle Festgelage herauf. Ähnliches galt für noch geringfügigere Dinge: den Frack, die Seidenwäsche und die Diener, von denen er sprach.

»Wie viele Diener hatten Sie denn?«

»Warten Sie... sieben mit dem Kindermädchen, doch die gehört praktisch zur Familie. Dann noch die Gärtner von Prinkipo, und die Gouvernante meiner Schwester...«

Das Erstaunlichste war, daß all das stimmte und er dennoch daran zu zweifeln begann.

Sicher, sein Vater war vor drei Jahren gestorben, kurz nachdem ihn sein Glück verlassen hatte. Doch hat sich das Leben der Familie so sehr verändert? In ihrem Appartement in Pera hatten seine Mutter und seine Schwester immer noch eine Bedienstete und das alte Kindermädchen. Das Haus in Prinkipo war auch noch nicht verkauft worden, denn man hatte keine Abnehmer gefunden, und mit den ersten Sonnenstrahlen zogen die beiden Frauen dorthin.

Und Elie, war er unglücklich? Er hatte es wie die

anderen gemacht, wie Hunderte junger Türken, die die Krise ruiniert hatte und die stundenlang über die Hauptstraße schlenderten, Gedichte aufsagten, *Raki* tranken, kleine geräucherte Fische verzehrten und manchmal ein kleines Geschäft abwickeln konnten.

Einmal hatte er tausend türkische Pfund verdient, indem er einem Makler beim Verkauf eines alten englischen Schiffes an die griechische Regierung behilflich war. Und wenn die Sache mit den Teppichen geklappt hätte...

»Sie gehen nicht aus, Monsieur Valesco?«

»Leider! Ich muß das Ende des Monats abwarten. Lieber das, als ohne Geld auszugehen!«

»Ich weiß! Wenn Sie Geld haben, bleiben Sie nicht in meiner Küche. Dann sieht man Sie kaum zum Essen.«

Der Abwasch war fertig. Madame Baron holte wie immer ihren Gemüsekorb und einen Eimer. Ihr Mann erhob sich seufzend, gähnte und steuerte auf die Tür zu. Man hörte seine Schritte auf der Treppe.

»Er fährt mit dem Nachtzug«, erklärte Madame Baron. »Morgen früh ist er in Herbestal. Er wird erst morgen nacht wieder hier sein. Hast du seine Sachen fertiggemacht, Antoinette?«

»Ja, ich habe auch den Knopf wieder angenäht.«

Valesco, der sich langweilte, blieb einen Moment stehen und fragte schließlich Elie:

»Kommen Sie auf eine Partie Billard ins Café an der Ecke?«

»Nein, danke!«

»Dann gehe ich schlafen. Gute Nacht!«

Man hörte das rhythmische Schaben des Messers an den Kartoffeln und manchmal, wie eine Kartoffel in den Eimer plumpste.

»Es ist angenehm zu reisen«, seufzte Madame Baron. »Ich, die das nie konnte...«

Elie bemerkte, daß Antoinette den Kopf hob und blaß wurde. Sie sah ihn an. Sie versuchte, ihm etwas zu verstehen zu geben und schob ihm die aufgeschlagene Zeitung hin.

»Wenn man es nicht in jungen Jahren macht«, fuhr Madame Baron fort, die nichts merkte.

Elie ließ sich Zeit, bevor er die Zeitung zu sich rüber zog.

Die Hauptüberschrift ging über drei Zeilen: Eine Grubengas-Explosion in einem Bergwerk in Seraing hatte elf Bergleute verschüttet. Direkt daneben stand in mageren Buchstaben zu lesen:

DIE ERMORDUNG DES HOLLÄNDERS.

»Sie sehen nicht oft in die Zeitungen«, bemerkte Madame Baron. »Die belgischen Zeitungen brauchen Sie auch nicht zu interessieren.«

*»Heute morgen hat eine Brüsseler Bank in einem Umschlag, den sie von ihrer Zweigstelle in Gent zugeschickt bekam, drei der Scheine gefunden, die Monsieur van der Cruyssen gehört haben, über dessen Ermordung im Schnellzug nach Paris wir bereits ausführlich berichtet haben... Die* Sureté Générale *ist sofort verständigt worden, und es ist anzunehmen, daß eine Untersuchungskommission gebildet wird, um in Gent*

*Nachforschungen anzustellen ... Im Zusammenhang mit dieser Affäre weist* Le Journal *aus Paris auf ein Kuriosum hin, das seinen Grund in der unterschiedlichen Rechtsprechung beider Länder hat ... Der Sachverhalt stellt sich wie folgt dar: Wurde das Verbrechen vor der Grenze begangen, auf belgischem Staatsgebiet, so hat der Mörder nur lebenslange Zwangsarbeit zu befürchten, denn in Belgien ist die Todesstrafe praktisch aufgehoben ... Doch die Zöllner, die Monsieur van der Cruyssen kennen, betonten, daß er bei der Kontrolle in Quévy noch am Leben war. Der Fall unterliegt also der französischen Gerichtsbarkeit, und deshalb schwebt über dem Mörder die Todesstrafe.*

Elie spürte die auf ihn gerichteten Blicke Antoinettes und machte eine verzweifelte Anstrengung, einen klaren Kopf zu bewahren. Es war unmöglich. Seine Hand, mit der er die Zeitung einige Zentimeter wegschob, war so verschwitzt, daß sie eine feuchte Spur auf dem Papier hinterließ.

Zum Glück kam Baron wieder herunter. Er trug Uniform, und seine Frau kümmerte sich ausschließlich um ihn. Er hatte eine Blechbüchse bei sich, in die sie Stullen packte, und dann schüttete sie noch Milchkaffee in eine Thermosflasche.

Elie gegenüber saß immer noch Antoinette, und er sah die starren rötlichen Pupillen in ihrem Gesicht.

Er hatte Angst, ohnmächtig zu werden. Das durfte nicht sein. Es kam ihm vor, als würde sein Stuhl schwanken. Er versuchte vergeblich, Antoinettes Blikken auszuweichen, die hart wurden, und deren blasses

Gesicht einen immer verächtlicheren Ausdruck annahm.

»Gute Besserung, Monsieur Elie!«

Er merkte fast gar nicht, daß er die Hand des Zugbegleiters schüttelte. Madame Baron ging mit ihrem Mann bis an die Tür, und in die Küche wehte ein Luftzug.

»Sie sind ein Feigling!« sagte Antoinette heftig, als sie allein waren.

Er verstand nicht. Er sah um sich, sah die Kacheln des Herdes, den singenden Wasserkessel und die völlig nackten Kartoffeln in dem Emailletopf, doch das war so unbeständig, das zerrann so schnell, daß er sich mit beiden Händen am Tisch abstützen mußte, um sich auf den Beinen zu halten.

Die Haustür ging wieder zu. Die Schritte von Madame Baron kamen näher, und Antoinette zischte:

»Achtung!«

Madame Baron sah sie nacheinander an, und daraus, wie sie Antoinette ansah, sprach Mißtrauen. Schon zweimal hatte sie ihr gesagt:

»Du bist nicht sehr freundlich zu Monsieur Elie!«

Sie nahm ihr Schälmesser und eine Kartoffel.

»Ich an Ihrer Stelle würde trotzdem ausgehen. Es ist kaum halb zehn. Sie schlafen zuviel.«

Doch er klebte an seinem Stuhl, in der Küche, im Haus.

»Ich wollte keinen Mann, der mir ständig im Wege steht«, ließ Antoinette wissen.

»Dich hat niemand gefragt! Es ist Monsieur Elies Wohl, um das es mir geht. Als wäre ich seine Mama.«

Er erhob sich schwer.

»Bis morgen früh! Ich habe Ihnen doch einen Schlüssel gegeben, nicht wahr? Verkühlen Sie sich bloß nicht!«

Er ging nicht gleich weg. Er blieb einen Moment auf seinem Bett sitzen, doch die Stille dieses Zimmers, wo er bereits den jedem Ding gehörenden Platz kannte, ängstigte ihn. Er hatte nur einen Übergangsmantel. Er zog ihn an und schlang sich einen Wollschal um den Hals.

Was hatte Antoinette damit bezweckt, als sie ihm diesen Artikel zu lesen gegeben hatte? Was stand da? *»... und deshalb schwebt über dem Mörder die Todesstrafe.«*

Niemals hätte er auch nur im entferntesten daran gedacht! Er vergaß, das Licht zu löschen. Vom Korridor aus sah er die Küche, und durch die Glasscheibe konnte er erkennen, daß Antoinette und ihre Mutter immer noch dasaßen. Es war so still, daß er sogar das Tick-Tack des Weckers hören konnte, der auf dem Kamin stand.

Draußen zitterte er. Der Boden war gefroren. Es war das erste Mal, daß er diese Umgebung in der Dunkelheit sah. Er erkannte sie nicht wieder.

Allein das Schaufenster des schräg links gegenüberliegenden Lebensmittelgeschäftes war erleuchtet, und ganz in der Ferne sah er die Stadt, die mit dem Baronschen Haus durch eine Lichterkette verbunden war.

Niemand war unterwegs. Nur von weitem hörte man Schritte. Sie waren mindestens fünfzig Meter entfernt. Sie stockten, es klingelte, und schließlich ging eine Tür.

Elie konnte nicht stehenbleiben. Er setzte sich in Bewegung, zögernd, den Hut in die Stirn gezogen, den Mantelkragen hochgeschlagen. Er hatte weder das Gefühl, in einer wirklichen Straße zu sein, noch in einer wirklichen Stadt.

Es gab keine Blocks wie anderswo. Es gab auch keine Querstraßen. Zum Beispiel standen zehn oder zwölf Häuser in einer Reihe, alle gleich, dann kam eine Lücke, und im Hintergrund konnte man Halden, Baustellen und Schienen erkennen; dann einige Häuser und wieder eine Lücke mit hell erleuchteten Gleisen, die über die Straße führten.

In den kupfernen Nachthimmel ragten Schornsteine und spuckten Feuer.

Elie lief grundlos schnell. Er hatte gar keine Lust zu laufen. Er wollte eigentlich überhaupt nicht gehen. Er ging nahe an einer schummrigen Kneipe vorbei und registrierte das Grün eines Billardtisches, sicher das Billard, von dem Valesco gesprochen hatte.

Eine Familie kam ihm entgegen: Vater, Mutter und zwei Kinder, die sie an der Hand hielten. Elie hörte im Vorbeigehen:

»Ich habe deiner Schwägerin immer schon gesagt, daß sie nicht ...«

Der Rest ging unter. Er wollte endlich stehenbleiben. Zweihundert Meter weiter sah er jetzt Lichter, Läden und ein Kino. Man hörte einen Gong, und auf dem Gehsteig konnte man Schatten erkennen.

Elie stand da und sah sie mit ängstlichen Augen aus

der Ferne an. Plötzlich machte er kehrt. Er flüchtete. Er riß sich zusammen. Panik hatte sich seiner bemächtigt, und er verlor alle Kontrolle über sich. Er hatte Atemnot.

Er hatte seinen Schlüssel vergessen. Er wollte keine Sekunde verlieren und eilte weiter, als würde er verfolgt. Er glaubte sogar, Schritte zu hören, von jemandem, der ihm auf den Fersen war.

Er erkannte das Haus, die Tür. War das nicht seit jeher sein Zuhause? Durch das Schlüsselloch konnte man das Licht in der Küche sehen. Er klingelte nicht, wie ein Fremder, sondern klapperte am Briefkasten.

Der Schweiß stand ihm auf den Schläfen und auf den Backen. Man sah eine Silhouette aus dem Licht auf die Tür zukommen.

Es war Antoinette. Sie öffnete, sagte kein Wort und ließ ihn an sich vorbeigehen. Unbeweglich stand sie da. Ihre Hand lag noch auf der Klinke.

»Es ist kalt«, sagte er nach einigen Schritten.

»Sie legen sich am besten hin.«

Er ging in sein Zimmer und zog seinen Mantel aus. Er hätte gern gehabt, daß Antoinette ihm nachgekommen wäre. Nicht, daß er ihr direkt ein Zeichen gab, doch er sah sie inständig bittend an.

»Haben Sie alles, was Sie brauchen?«

Das war's!

»Ich möchte gern Feuer. Ich friere.«

Sie ließ ihn allein, aber sie hatte die Tür offengelassen, woraus er schließen konnte, daß sie wiederkam. Tatsächlich, er hörte die ihm bereits vertrauten Geräusche, wie sie in der Kohlenkammer den Eimer auffüllte.

Die beiden Frauen wechselten in der Küche einige Worte.

»Ich werde Ihnen einen Grog machen«, sagte Madame Baron.

Antoinette kam zurück, beachtete ihn gar nicht, stellte ihren Eimer ab, knüllte Zeitungspapier zusammen und machte die Ofentür auf. Das Aschefach war voll kalter Asche, und sie mußte sich hinknien, um es zu leeren.

»Antoinette ...«, flüsterte Elie.

Sie reagierte nicht. Er saß mit herabhängenden Armen auf dem Bett und wiederholte:

»Antoinette ...«

»Nun?« antwortete sie laut.

Er hatte Angst. Er sagte nichts mehr. Er stotterte nur, ohne überhaupt sicher zu sein, ob sie ihn hörte.

»Sie sind gemein!«

Sie häufte Asche auf die Schaufel und legte zerknülltes Papier auf den Rost.

»Haben Sie Streichhölzer?«

Er war froh, ihre Stimme zu hören, und beeilte sich, ihr zu helfen.

»Ich brauche nur Streichhölzer!«

Das Papier flammte auf, und sie legte gleich Holzscheite darauf. Antoinette betrachtete die züngelnde Flamme und drehte sich plötzlich zu ihm um.

»Haben Sie noch Scheine?«

Er mußte antworten. Sie war so bestimmend, daß er zum Kleiderschrank ging, sich auf die Zehenspitzen stellte und das Bündel herunterholte, das er dort versteckt hatte.

»Geben Sie her!«

Ganz einfach, als sei es ihr Recht, warf sie die Scheine in die Flammen, und als sie ihr nicht schnell genug verbrannten, zerstocherte sie sie mit dem Schürhaken.

Er protestierte nicht. Er spitzte die Ohren, um sich zu vergewissern, daß Madame Baron noch in der Küche war. Schließlich näherte er sich dem jungen Mädchen, faßte sie an beiden Händen, ergeben und demütig.

»Was wollen Sie?«

Sie war ruhig, ohne Wut. In ihrem Gesicht war die pure Verachtung zu lesen.

»Antoinette... Wenn Sie wüßten...«

»Ach wirklich?«

Und sie lachte, nahm die Kohlenschütte und füllte die Hälfte des Inhalts in den Ofen. Dann machte sie die Ofentür zu, versicherte sich, daß alles in Ordnung war und sagte ganz nebenbei:

»Legen Sie sich schlafen!«

Ihre Schritte entfernten sich. Die Küchentür ging zu, und die leisen Stimmen der zwei Frauen wurden noch gedämpfter.

»Antoinette...«, wiederholte er mechanisch. Er saß mit gesenktem Kopf auf dem Bett.

Er sah sie so deutlich vor sich, als wäre sie da, mit ihrem mageren Körper unter dem schwarzen Kleid, den eckigen Schultern, den kaum vorhandenen und doch sonderbar abstehenden Brüsten, der mit Sommersprossen übersäten Nase.

»Legen Sie sich schlafen!« hatte sie gesagt.

Und dennoch wußte er, daß sie sich den ganzen Tag

um ihn kümmerte und daß sie die Aufmerksamste war, wenn er von Istanbul erzählte.

»Antoinette...«

Er betrachtete sein leeres Bett, dann den Elektroschalter, und beim Gedanken, daß er das Licht löschen würde und gleich ganz allein neben dem Ofen liegen würde, der Geräusche wie ein Motor von sich gab, fing er wieder zu schwitzen an.

Er beugte sich etwas vor und sah sich im Spiegel, doch er wendete sich gleich wieder ab und zog sein Hemd aus. Er vermied es, seinen Hals zu berühren.

Er verzog sein Gesicht, als würde er heulen, doch es war kein Heulen. Endlich legte er sich in der Dunkelheit hin. Er lag mit geballten Fäusten da, biß in sein Kopfkissen und sagte ein ums andere Mal vor sich hin:

»Antoinette...«

Er hatte Angst. Es war zum Verrücktwerden. Er spitzte die Ohren und lauschte den Geräuschen aus der Küche, wo die Mutter und das Mädchen immer noch arbeiteten.

Über ihm ging Valesco durchs Zimmer, schloß seine Tür ab und ging dann zu Bett.

## 7

Die Uhr war stehengeblieben, doch es mußte kurz nach neun sein, denn Elie, der sich anzog, sah, wie sich die Frauen aus der Nachbarschaft um einen Gemüsekarren scharten, der gerade angehalten hatte. Da es sehr kalt war, trippelten die Frauen auf der Stelle. Eine magere Blonde hatte eine rotgefrorene Nase. Es wurde schon in den Körben herumgestöbert, und der Händler blies in seine Trompete, deren Klang durch und durch ging. Auch Madame Baron wartete nicht länger und ging mit dem Portemonnaie in der Hand zu dem Karren.

»Herein«, sagte Elie, als es an seiner Tür klopfte. Er dachte, es sei Antoinette, die kam, um wieder Feuer zu machen.

Valesco trat ins Zimmer. Er war im Mantel, hatte den Hut schon auf und Bücher unterm Arm.

»Es ist schön bei Ihnen! Wie geht's?«

Elie verstand nicht gleich und freute sich über den Besuch, doch dann, als der Rumäne sah, wie Madame Baron gerade einen Blumenkohl kaufte, fuhr er plaudernd fort:

»Ich muß Sie um einen Gefallen bitten. Unsere Vermieterin findet, daß ich meine Miete pünktlicher zahlen sollte. Ich kann ihr doch nicht sagen, daß ich das Geld für die Miete bereits vor zehn Tagen ausgegeben habe. Können Sie mir bis nächste Woche dreihundert Franc borgen? Unter Kommilitonen... Sehen Sie! Sie haben denselben Rasierer wie ich... Sie ist eine gute Frau, aber was das Geld betrifft, so hat sie ihre eigenen Anschauungen. Was nicht heißt, daß sie geldgieriger ist als andere...«

Ohne ein Wort zu sagen, kramte Elie in seiner Brieftasche. Er hatte noch an die neunhundert Franc, das, was ihm der Friseur rausgegeben hatte, nachdem er den Tausend-Franc-Schein wechseln gegangen war. Er hielt Valesco drei Scheine hin, und der steckte sie achtlos weg.

»Ich werde mich revanchieren!«

Einen Moment später ging er draußen vorbei. Man sah seinen Kopf in Höhe des Fensterbretts. Die Nachbarsfrauen betasteten immer noch das Gemüse.

Elie hätte nicht beschreiben können, welche Gefühle dieser Besuch bei ihm hinterließ. Ein Gewicht lastete auf seiner Brust, und er spürte, daß das den ganzen Tag so bleiben würde. Er betrachtete immer noch die offene Brieftasche. Er zählte fünf Einhundert-Franc-Scheine, und in der Tasche hatte er noch ein paar Münzen.

Alles in allem, vielleicht fünfhundertvierzig Franc.

Alles in allem, ja! Buchstäblich alles, er hatte nichts sonst! Die französischen Scheine, inzwischen sowieso wertlos, waren verbrannt! Und der Schein, den er Madame Baron für die Miete gegeben hatte, war auch wertlos! Antoinette wußte es! Madame Baron würde es vielleicht auch bald bemerken.

Und die Monatsmiete betrug achthundert Franc!

Daran hatte er noch nicht gedacht. Er war bestürzt. Sich vorzustellen, er müßte von heute auf morgen verschwinden...

Nein! Er würde nicht gehen. Im Haus war er sicherer als irgendwo sonst. Niemand würde ihn hier suchen.

Doch wenn Madame Baron Geld haben wollte? Sie kümmerte sich so um ihn, weil sie glaubte, er würde mehr bezahlen als die anderen. Er bekam eine komplette Mahlzeit, saß am Ende des Tisches, und abends war er der einzige, der Fleisch und Gemüse aß, der einzige auch, dessen Zimmer den ganzen Tag beheizt wurde.

Sie war wieder im Haus. Der Karren des Gemüsehändlers hatte ein Stück weiter wieder angehalten. Eine leere Straßenbahn fuhr vorbei. Elie wurde von der Vorstellung zermartert, wie es ihm wohl ergehen würde, völlig mittellos und ohne dieses Haus. Er bedauerte schon, Valesco die dreihundert Franc geliehen zu haben. Doch hätte er es verweigern können? Mußte er sich nicht mit jedermann gut stellen?

»Monsieur Elie!«

Madame Baron rief ihn, und als er in die Küche kam, war sie gerade dabei, seine Eier zu braten.

»Ich richte Ihnen alles, bevor ich die Zimmer mache. Wie geht es Ihnen heute morgen?«

In Monsieur Barons Abwesenheit nahm Elie den Korbsessel in Beschlag, der ein ganz eigenes Knarren hatte, wenn man sich hineinsetzte. Es roch nach Eiern mit Speck. Der Tisch war vollgestellt, außer dort wo Nagéar saß.

»Brauchen Sie noch etwas? Ich gehe schnell hoch, denn heute nachmittag muß ich bügeln.«

Einige Zeit später hörte er sie oben mit Moïse sprechen. Er verstand:

»... in der Küche arbeiten ... Hat man da Worte ... Mantel ... eine schöne Lungenentzündung ...«

Moïse ließ sich nicht zweimal bitten. Er kam mit Heften in der Hand herunter. Er breitete sie am anderen Tischende aus, und nachdem er ein »Guten Morgen« genuschelt hatte, nahm er seinen Stift und fing an zu schreiben. Er hatte schwerfällige Finger. Er drückte so fest auf, daß der Tisch ständig vibrierte.

Elie hatte gar keinen Hunger. Er aß gedankenlos und schaffte es nicht, die Geschichte mit den dreihundert Franc zu vergessen. Er ging sogar so weit, Moïse zu beneiden, der nicht viel Geld bekam, aber wenigstens so viel, daß er seine Kammer bezahlen konnte.

Der Pole hob nicht einmal den Kopf. Seine große Hand bewegte sich über das Papier. Er saß mit krummem Rücken da, und seine Wangen waren von der Hitze gerötet. Hier, in der Stille der Küche, schien er vollkommen glücklich.

Elie stand auf, nahm die Kaffeekanne und goß sich noch eine Tasse ein, zündete sich eine Zigarette an und spürte, wie ihn plötzlich ein Gefühl beschlich, als würde er das Gleichgewicht verlieren.

»Sind Sie schon lange hier im Haus?« fragte er unvermittelt auf Jiddisch.

Er dachte, das sei eine Möglichkeit, sich Moïse zu nähern, ihm das Gefühl zu vermitteln, daß sie etwas gemein hatten.

»Ein Jahr«, antwortete Moïse auf Französisch, ohne mit dem Schreiben aufzuhören.

»Sprechen Sie nicht Jiddisch?«

»Ich spreche genausogut Französisch, und ich bin hier, um es zu perfektionieren.«

Er warf Elie einen kurzen, verdrießlichen Blick zu, als wäre es ihm lästig, von der Arbeit abgehalten zu werden. Nagéar stand auf, ging in sein Zimmer zurück und starrte hinaus in die schwarzweiße Landschaft: Die Häuser waren tatsächlich schwarz vom Ruß, und das Pflaster war gefroren und weiß.

Die Schritte im Zimmer über ihm stammten sicher von Antoinette, denn Madame Baron war oben in den Mansardenzimmern.

Elie kam in die Küche zurück und nahm sich eine alte Nummer der *Lectures pour Tous* von der Anrichte. Moïse rührte sich nicht.

»Rauchen Sie nicht?«

»Nie.«

»Weil es Ihnen nicht schmeckt oder aus Sparsamkeit?«

Die Frage blieb unbeantwortet. Elie blätterte die Zeitschrift durch und betrachtete die Bilder. In diesem Haus, in dem immer eine riesige Kaffeekanne auf dem Herd stand, war es ihm zur Gewohnheit geworden, zu jeder Tageszeit Kaffee zu trinken. Er goß sich erneut ein und fragte sein Gegenüber:

»Auch eine Tasse?«

»Nein, danke.«

»Kein Tabak? Kein Kaffee? Und ich wette, auch kein Alkohol?«

Er war freundlich. Er lächelte. Er versuchte angestrengt, die Atmosphäre aufzulockern, doch Moïse hatte den Kopf aufgestützt, schrieb unbeirrt weiter. War es nicht unvorstellbar, daß er sich seit sieben Jahren von allem ferngehalten hatte, um weiterstudieren zu können?

»Er hat wahrscheinlich noch nie eine Frau gehabt«, überlegte Nagéar.

Weder Frauen noch andere Freuden als allein die, hier zu arbeiten, oder gar in seinem unbeheizten Zimmer, im Mantel, mit einer Decke über den Schultern. Madame Baron hatte sogar erzählt, daß er zu Anfang sein einziges Hemd in einer Schüssel gewaschen hatte und es beim Trocknen straff zog, damit es nicht gebügelt zu werden brauchte. Damals hatte sie ihn gezwungen, sich ein zweites Hemd zu kaufen und wusch ihm jetzt eins pro Woche umsonst.

Drei Blätter waren bereits vollgeschrieben, und außer dem Kratzen des Stifts und dem Zittern des Tischs hörte man nur noch das Tick-Tack des Weckers, der Viertel nach zehn anzeigte.

»Was glauben Sie, wer ich bin?« fragte Elie plötzlich. Er hatte diese Frage schon seit einigen Minuten auf der Zunge.

Er wußte noch nicht, was er damit bezweckte, doch er wollte Moïse näherkommen, obschon dieser ihn gleichzeitig anzog und abstieß.

Endlich hob der polnische Jude den Kopf und heftete einen Augenblick seinen Blick auf Nagéar, doch ohne daß Elie auch nur das geringste darin lesen hätte können.

»Das ist mir egal«, sagte er dann und fing wieder an zu schreiben.

Moïses Gleichgültigkeit ließ Elie vor Wut zusammenfahren, und zum soundsovielten Male an diesem Tag ging er hinauf in sein Zimmer, wo ihn auch nichts hielt und von wo er alsbald wieder herunterkam.

»Hören Sie... ich habe volles Vertrauen in Sie, und ich möchte Sie hiermit bitten... sollte mir etwas zustoßen...«

Es war purer Bluff. Er dachte nicht daran, Moïse um einen solchen Gefallen zu bitten. Die Idee war ihm einfach gerade durch den Kopf gegangen und schien ihm geeignet, sein Gegenüber zu beeindrucken. Und richtig, schon hatte Moïse wieder den Kopf gehoben und legte sogar seinen Bleistift nieder.

»Es wäre besser, wenn Sie nicht weiterreden würden«, stieß er hervor.

Er erhob sich. Elie saß da und fragte sich, was er wohl tun würde; das Blut stieg ihm in den Kopf und er hätte Moïse alles und jedes gesagt, nur um ihn zurückzuhalten.

»Und ich dachte schon, unter Glaubensbrüdern...«

Doch Moïse räumte schon seine Hefte zusammen, und schon auf dem Weg zur Tür, drehte er sich noch einmal um und sagte, ohne auch nur die Stimme zu heben:

»Was wollen Sie eigentlich erreichen?«

Es war schwer zu sagen, ob er damit ihr Gespräch meinte oder Elies Benehmen im allgemeinen.

»Wenn Sie es so verstehen...«

»Ich verstehe gar nichts. Es geht mich nichts an. Nur, Madame Baron ist sehr gut zu mir, und ich möchte nicht, daß sie Ihretwegen Scherereien bekommt ...«

Er ging langsam durch den Flur und stieg langsam und nachdenklich die Treppe hinauf.

Allein in der Küche, zwang sich Elie zu einem Lächeln. Er spürte, wie um ihn herum eine Leere entstand und er sich darin verlief. Es war so ähnlich wie die Angst, das Gleichgewicht zu verlieren, die ihn schon angesichts seiner schmalen Mittel befallen hatte, nur stärker.

Es war sein Fehler. Hatte er sich nicht deshalb auf Moïse gestürzt, weil er ahnte, daß der Jude etwas wußte?

Niemand konnte ihn sehen, und dennoch lächelte er, um sich davon abzulenken, daß man ihn beleidigt hatte.

»Neider!« sagte er halblaut.

Er zog den Sessel in die Nähe des Herdes und legte Feuer nach. Madame Baron kam mit Eimern in der Hand die Treppe herunter. Elie bemerkte, daß im Topf mit den Kartoffeln, kaum noch Wasser war, und goß welches nach. Als seine Vermieterin das sah, strahlte sie.

»Das ist aber nett, Monsieur Elie! Sie sind nicht wie Monsieur Moïse. Er könnte stundenlang vor dem Herd sitzen, ohne zu merken, daß das Fleisch anbrennt. Sicher, er arbeitet viel ...«

Aus seinem Gesicht sprach eine gewisse Unzufriedenheit.

»Sie langweilen sich.«

»Aber nein! Bestimmt nicht.«

»Natürlich, es ist weniger heiter und weniger luxuriös als bei Ihnen. Ich verstehe nicht, warum Sie nicht spazierengehen. Wenn ich Sie anschaue und daneben Antoinette, habe ich den Eindruck, sie ist der Junge, und Sie das Mädchen.«

Wenn sie es ihm erlaubt hätte, wäre er bereit gewesen, Kartoffeln zu schälen, ja sogar das Kupfer zu putzen. Nur eins war wichtig: hier bleiben zu können, im Warmen, in diesen mit Ölfarbe gestrichenen Wänden, in diesem Geruch, der ihm schon so vertraut war wie der seines Vaterhauses.

»Antoinette«, rief Madame Baron in den Korridor hinaus, »bring mir die Kohleeimer runter!«

Elie hatte Antoinette heute noch nicht gesehen und sah sie mehr als nur neugierig an. Sie tat so, als hätte sie seine Anwesenheit gar nicht bemerkt, und stellte die beiden Kohleeimer auf den Fußboden.

»Nun? Sagst du Monsieur Elie nicht ›Guten Tag‹?«

»Tag.«

»Willst du eine Ohrfeige?«

Instinktiv hielt sie die Hand vors Gesicht.

»Lassen Sie sie!« mischte sich Elie ein.

»Ich dulde diese Pampigkeit nicht! Vor allem, weil Sie doch so nett zu ihr und zu allen anderen sind.«

Antoinette starrte Elie mit ihren rötlichen Augen an, als wollte sie sagen: »Das zahl ich Ihnen heim.«

Und er ließ sich in seinen Sessel nieder und gab sich dem Gefühl hin, wenigstens etwas weiter gekommen zu sein.

Auf die weißen Wände des ›Merry Grill‹ hatte der

Dekorateur hellblaue Wellenlinien gezeichnet. Sie stellten das Meer dar. Zwischen diesen Linien waren rosa, grüne und goldene Fische gemalt sowie ein Fischkutter, ein Dreimaster, und dort wo der Strand sein sollte, sah man sogar einige Mädchen liegen.

Das Ganze sah lustig aus. Der Saal war klein, und schon wenige Leute genügten, daß er gut besucht aussah und es lebhaft zuging. Die Farbe der Beleuchtung wechselte ständig, wodurch der unwirkliche Eindruck, sich hier vor der Welt verstecken zu können, noch verstärkt wurde.

Es waren noch nicht viele Leute da an diesem Abend. Die Jazzkapelle spielte gerade das zweite Stück, und nach und nach trafen die Tänzerinnen ein, grüßten sich von weitem, gaben dem Barkeeper im Vorbeigehen die Hand und setzten sich an einen Tisch, vor einen leeren Champagnerkübel.

In einer Ecke hinter einer Säule saß Sylvie, in Begleitung des jungen Mannes mit der Schleife, der nun seit drei Tagen jeden Abend kam.

»Sie haben Kummer«, sagte er. »Ich spüre es. Wollen Sie sich mir nicht anvertrauen?«

Sie sah ihn an, ohne ihn wahrzunehmen und murmelte tonlos:

»Aber nein, mein Kleiner!«

Er hatte ihre Hand genommen, die auf der Bank lag, und drückte sie zärtlich. Dann fuhr er feierlich fort:

»Ich möchte so gerne, daß sie mir all Ihren Kummer erzählen, wie einem Freund ...«

Sie lächelte und strich ihm über seine Dichterlocken, ohne dabei jedoch die Tür aus den Augen zu lassen. Sie dachte an etwas ganz anderes. Als sie Jacqueline in ihrem Maulwurfpelz hereinkommen sah, wollte sie sofort aufstehen, besann sich aber eines anderen und sagte:

»Sie erlauben einen Moment? Ich muß mit meiner Freundin sprechen.«

Der Türsteher half Jacqueline aus dem Pelz, und Sylvie begleitete ihre Freundin zur Bar.

»Und?«

»Nichts. Oder besser, ich bin nicht sicher ... Als ich reinkam, glaubte ich, einen Typ in der Nähe der Tür stehen zu sehen. Ich habe Joseph gefragt, und der hat mir erzählt, daß der schon seit einer Stunde da stehen würde.«

Es war nichts los. Es kamen kaum Gäste. Vom Treppenabsatz aus ließ der Geschäftsführer im Smoking lässig seine Blicke durch den Raum schweifen.

»Dein Künstler ist ja immer noch da! Armer Junge.«

»Gestern habe ich ihm gesagt, daß er nicht mehr kommen soll. Da hat er geweint. Ich habe die Zigarettenverkäuferin angeschnauzt, weil sie ihm Zigaretten zu zweiundzwanzig Franc angedreht hat.«

Beide waren mit den Gedanken woanders, und Jacqueline sagte schließlich:

»Was machen wir?«

Sie kippte das Glas, das der Barkeeper ihr hinstellte, in einem Zug hinunter. Sie überlegte. Sie nahm keine Notiz von dem jungen Mann, der an seinem Tisch saß und sich kaum mehr von der Wand abhob als die gemalten Fische.

»Von dem Moment an, wo sie die Scheine in Gent gefunden haben ...«

»Ich glaube«, sagte Jacqueline, »es ist das beste, wir gestehen. Sie warten nur darauf, uns zu schnappen. Weiß Gott, wohin das alles noch führt.«

Sylvie spitzte die Ohren, als sie das gedämpfte Läuten des Telefons hörte. Der Geschäftsführer verschwand und ging zur Kabine. Sylvie ahnte, daß es für sie war.

»Warte!«

Kaum war sie am Treppenabsatz angekommen, kam der Geschäftsführer aus der Kabine.

»Ach! Da sind Sie ja! Sie werden verlangt.«

»Hallo!«

Sie sprach leise, denn sie wußte, daß man draußen alles verstehen konnte.

»Mademoiselle Sylvie? Sylvie? Sind Sie selbst am Apparat?«

»Aber ja!«

»Hier spricht der Portier vom ›Palace‹.«

Die Stimme wurde leiser. Er flüsterte:

»Man hat mich gerade verhört... Verstehen Sie?... Sie wissen, daß Sie mit Monsieur Elie hier waren... Ich dachte, es sei gut, Sie zu warnen, für den Fall, daß...«

Der Geschäftsführer sah ihr nach, als sie wieder zur Bar ging. Sie lächelte von weitem dem jungen Mann zu, der darauf wartete, bis er wieder an der Reihe war.

»Es ist soweit!« sagte sie zu Jacqueline.

»Was?«

»Sie sind aufs ›Palace‹ gekommen. Wo hast du die Scheine?«

»In der Handtasche.«

Jacqueline hatte die Tasche in der Hand. Sylvie nahm

sei, drehte sich zur Mahagoni-Theke und schaffte es, die Scheine unbemerkt aus der Tasche zu ziehen und in ihrem Oberteil verschwinden zu lassen.

»Was hast du vor? ... Und ich, was soll ich sagen?«

»Du bist gedeckt. Ich habe dich gebeten, die Scheine zu wechseln. Du weißt von nichts.«

»Das stimmt sogar. Als ich nach Gent gefahren bin, wußte ich nichts ...«

Zwei Paare tanzten. Sylvie strich flüchtig über die Finger ihrer Freundin.

»Laß mich nur machen.«

Sie ging zu der Bank zurück, und der junge Mann lächelte glücklich.

»Sie ist viel weniger hübsch als Sie«, bemerkte er. »Was trinken Sie?«

»Wir haben doch schon getrunken.«

»Ja, aber die leeren Gläser sind abgeräumt worden.«

Sie sah den Kellner böse an, aber es war sein Job, den Verzehr anzukurbeln.

»Einen Orangensaft.«

Sie fand den jungen Mann lästig, und dennoch war sie nicht böse, daß er da war; seine Anwesenheit half ihr, Ruhe zu bewahren. Obwohl Jacqueline nun da war, behielt sie den Eingang im Auge, und ein weiteres Mal ahnte sie etwas, als sie eine einzelne Person die Treppe herunterkommen hörte und der Geschäftsführer routinemäßig sagte:

»Hier entlang! Das Programm beginnt gleich.«

Doch niemand kam herein. Man konnte nichts mehr verstehen. Man hörte nur, wie die Tür zum Nebenraum aufgemacht und wieder zugezogen wurde. Offiziell war das ›Merry Grill‹ ein Privat-Club. Deshalb durfte auch Alkohol ausgeschenkt werden. Zum Schein gab es am Ende des Treppenabsatzes ein kleines Zimmer, in dem zwei Sessel und ein mit Zeitschriften übersäter Tisch standen. Er galt als Salon.

»Gefällt Ihnen dieses künstliche Leben?« fragte der junge Mann und errötete über seine eigene Kühnheit.

Die Antwort rutschte ihr einfach raus.

»*Sie* nennen das künstliches Leben?«

»Ich wollte sagen...«

Sie hatte sich schon wieder unter Kontrolle. Als ob dieser Bengel verstehen könnte. Sie spitzte die Ohren, obwohl sie wußte, daß man unmöglich hören konnte, was im Salon gesprochen wurde.

Jacqueline trug ein malvenfarbenes Seidenkleid. Sie hatte sich in die Nähe des Orchesters gesetzt und bereits zweimal getanzt.

»Verzeihen Sie, wenn ich Sie verletzt habe.«

»Aber nein, mein Kleiner.«

Wenn er doch still sein wollte. Ihre Nerven waren angespannt. Urplötzlich erschien der Smoking des Geschäftsführers im Türrahmen. Nur, er stand länger als erwartet.

»Sie erlauben?«

Sie ging schnell zur Bar.

»Noch einen Schnaps! Schnell!«

Es wurde Zeit. Der Geschäftsführer machte ihr tatsächlich ein Zeichen. Sie sah in den Spiegel hinter der Bar und bemühte sich, ihre Haare in Ordnung zu bringen.

»Sag Jacqueline, sie braucht sich keine Sorgen machen.«

Der Geschäftsführer ließ sie nicht aus den Augen.

»Hier ist jemand, der...«

»Ich weiß!«

Sie stieß die Tür, auf, an der *Privat* stand, und zog sie hinter sich wieder zu. Sie stand einem Mann um vierzig gegenüber in schwarzem Mantel mit Veloursskragen, der so tat, als blätterte er in den Zeitschriften.

»Sylvie Baron? Setzen Sie sich doch bitte!«

Er zeigte ihr eine Karte, die ihn als Inspektor der belgischen Sûreté auswies.

»Sie wissen, was mich herführt?«

»Genau!«

Sie wußte, daß dieses ›genau‹ ihn verwirrte.

»Aha! Gut... Sehr gut... Dann werden wir uns, glaube ich, verstehen... Ich brauche Ihnen wohl weder zu sagen, daß ich gleich ihre Freundin Jacqueline vernehmen werde, noch, daß ich viel mehr weiß, als sie glauben...«

»Ich höre.«

Das Zimmer war so kahl, daß es an das Sprechzimmer einer ärmlichen Schule oder Notfallpraxis erinnerte. Der einzige Unterschied war, daß man hier noch die Jazzmusik aus der Bar hörte.

»Also, was haben Sie mir zu erzählen?«

»Ich werde Ihre Fragen beantworten.«

Er machte den Eindruck eines biederen Mannes und hatte zweimal in Sylvies Decolleté geschielt.

»Kennen Sie einen gewissen Elie Nagéar?«

»Das wissen Sie ja, der Portier des ›Palace‹ hat Ihnen ja seine Bücher gezeigt.«

»Wo haben Sie ihn kennengelernt?«

»Auf dem Meer. An Bord der ›Théophile Gautier‹. Nach der Zwischenlandung in Istanbul, wo er sich eingeschifft hat.«

»Und dann sind Sie seine Geliebte geworden?«

»Man soll nichts übertreiben! Er fuhr nach Brüssel, ich auch, also fuhren wir gemeinsam.«

»Sie behaupten also, nicht seine Geliebte gewesen zu sein?«

Sie zuckte mit den Schultern:

»Das ist nicht dasselbe! Wenn Sie nicht verstehen...«

»Haben Sie gewußt, daß Nagéar Geld brauchte?«

»Darüber hat er nie gesprochen.«

»Wußten Sie, daß er vorhatte, ein Ding zu drehen?«

Sie sah ihm in die Augen und sagte:

»Kürzen wir's doch ab! Das ist einfacher, finden Sie nicht? Ich bin nicht von gestern! Ich verstehe, worauf Sie hinauswollen. Also: Es ist mir gleichgültig, ob Negéar ein Ding gedreht hat. Ich bin am Mittwoch um elf Uhr morgens von ihm weggegangen. Er lag noch im Bett und hatte Grippe. Ich wollte Luft schnappen. Als ich abends zurückgekommen bin, war er nicht mehr da.«

»Und sein Gepäck?«

Sie überlegte. Ihr fiel ein, daß das Personal vom ›Palace‹ sicher ausgesagt hatte, daß sie am darauffolgenden Morgen das Hotel mit den Koffern ihres Begleiters verlassen hatte.

»Das blieb im Hotel.«

»Das brauchen Sie mir nicht zu sagen. Wann ist Nagéar zurückgekommen?«

Sie stand auf, um besser nachdenken zu können, und die Blicke des Polizisten verfolgten sie, während sie durchs Zimmer ging.

»Er telefonierte am nächsten Morgen vom Gare du Midi und bat mich, ihm seine Koffer zu bringen, weil er mit dem Zug wegwollte ...«

»Und dann?«

Der Inspektor kritzelte wie wild in sein kleines Notizbuch, das vorher durch ein Gummiband zusammengehalten gewesen war.

»Ich bin hingegangen. Er hat mir fünfzigtausend Franc gegeben und ist in den Schnellzug Brüssel–Berlin–Warschau gestiegen.«

Der Inspektor hob den Kopf, doch damit hatte sie gerechnet.

»Pardon. Um wieviel Uhr war das?«

Sie lächelte, denn sie kannte die Abfahrtszeiten aller internationalen Züge auswendig. Sie hatte sie oft genug benutzt.

»Neun Uhr sechsunddreißig. Nagéar entschuldigte sich, daß er mich so überstürzt verlassen mußte und gab mir, wie ich Ihnen schon gesagt habe, fünfzigtausend Franc.«

Sie zog ein Bündel Scheine aus ihrer Bluse und legte es auf den Tisch.

»Belgische Franc?« wunderte sich der Inspektor.

»Französische Franc.«

»Und Sie haben sie in Brüssel gewechselt?«

»Sie wissen sehr genau, daß ich sie nicht hier gewechselt habe, Sie wissen auch, daß unsereins immer wegen irgend etwas verdächtigt wird, besonders, wenn wir viel Geld haben. Ich habe eine Freundin beauftragt, die Scheine in Gent und Antwerpen zu tauschen.«

»Haben Sie nicht auf die Nummern geachtet? Hatten sie keinen Verdacht?«

»Ich lese keine Zeitungen.«

»Und jetzt?«

»Bob, der Barkeeper, hat mir gestern die Geschichte von van der Cruyssen erzählt.«

»Warum haben Sie sich nicht gleich gemeldet?«

»Ich wollte Ihnen nicht ins Handwerk pfuschen!«

Sie sprach mit bemerkenswerter Klarheit und sah dem Inspektor in die Augen.

»Und wenn ich nicht gekommen wäre?«

»Ich wußte, daß Sie kommen würden.«

»Würden Sie Ihre Aussagen unter Eid wiederholen?«

»Wenn es Ihnen Spaß macht. Falls Sie keine weiteren Fragen haben, würde ich gerne in den Tanzsaal zurückgehen. Sie wissen nun ja, wo Sie mich finden.«

Sie lächelte ihn an. Er lächelte zurück und zog dann den Gummi wieder um sein Notizbuch. Schließlich legte sie ihre Hand auf den Türknauf.

»Auf Wiedersehen«, sagte sie.

»Bis bald«, sagte er.

Der Geschäftsführer hatte gerade noch Zeit zurückzutreten. Sylvie ging an ihm vorbei, als bemerke sie ihn nicht. Jacqueline trank Champagner. Sie saß bei zwei Männern in Abendanzügen, einem alten und einem jungen, vielleicht Vater und Sohn. Mit einem Augenzwinkern gab sie ihr zu verstehen, daß alles gutgegangen war.

Ihr Junge saß ganz allein in seiner Ecke und rechnete vielleicht gar nicht mehr mit ihr, denn als er sie sah, fuhr er zusammen.

»Langweilen Sie sich?« fragte sie.

»Nein ... ich ... ich habe auf Sie gewartet.«

Er sah sie nur an und wurde schon rot, und um es zu überspielen, stotterte er:

»Was trinken Sie?«

»Warum? Hat dieser Idiot wieder die Gläser abgeräumt? Sie sind wohl verrückt, Henry?« fuhr sie den Kellner an, der gerade vorbeiging.

»Das spielt doch keine Rolle», beschwichtigte sie der junge Mann.

Sie sah ihn direkt an. Er wurde rot bis hinter die Ohren. Plötzlich fragte sie:

»Wohnen Sie bei Ihren Eltern?«

»Nein, meine Eltern wohnen in Liège. Ich habe ein kleines Zimmer, oder eher eine Mansarde, in Schaerbeck. Doch wenn mein Buch veröffentlicht ist ...«

Der Geschäftsführer lungerte inzwischen in der Nähe der Tanzfläche herum, von wo aus er einen besseren Überblick hatte. Jacqueline lachte und aß Pistazien, die ihre Verehrer für sie bestellt hatten, doch ihr Blick wanderte ständig fragend über die Schultern ihrer Begleiter weg zu Sylvie.

»Gefällt es Ihnen hier?« fragte sie ihren errötenden Begleiter.

»Ich ... Wenn ich in Ihrer Nähe bin ...«

Auch Bob sah zu ihr herüber, ebenso die Kellner. Die Geschichte machte sicher die Runde unter dem Personal.

»Zahlen Sie!«

»Sie wollen, daß ich gehe?«

»Wir gehen zusammen zu Ihnen.«

»Aber...«

Er war verzweifelt. Er konnte doch diese hübsche junge Frau nicht einfach so auf sein Zimmer nehmen.

»Tun Sie, wie ich Ihnen sage. Nicht jeder Tag ist ein Feiertag.«

Während er sein Geld auf den Tisch zählte, dachte er angestrengt nach, denn er erinnerte sich, daß heute überhaupt kein Feiertag war. Was konnte sie damit nur gemeint haben?

»Nein, kein Taxi«, raunte sie Joseph zu. Und, indem sie sich bei ihrem Begleiter einhängte: »Wir nehmen die Tram.«

## 8

Von Zeit zu Zeit schlug Elie die Augen auf und sah draußen im blassen Morgenlicht Leute auf dem Gehweg vorbeigehen. Er wußte, es war Freitag, denn auch Madame Baron war mit einem Hut auf dem Kopf vor seinem Fenster vorbeigegangen. Sie ging zum Markt. Domb war auch schon weg, und über ihm, in der ersten Etage, zog sich Valesco gerade an. Die Decke zitterte, wenn er hin und her ging.

Elie schlief zum vierten oder fünften Mal wieder ein. Er stand lieber später auf, wenn die anderen bereits unterwegs waren und es wieder ruhig war im Haus. Alle fünf Minuten weckte ihn das Gebimmel der Straßenbahn, und wegen der Haltestelle vor dem Haus zogen sich diese unangenehmen Störungen in die Länge.

Der Briefträger ging vorbei. Ein Brief fiel in den Kasten. Elie wollte eigentlich aufstehen, doch er konnte sich nicht aufraffen und drehte sich zur Wand. Wieviel Zeit war wohl inzwischen vergangen? Im Halbschlaf glaubte er, Valesco weggehen zu hören, doch dann schreckte er auf wie von der Tarantel gestochen: Die Tür wurde aufgerissen, Schritte näherten sich dem Bett, und bevor Elie sich umdrehen konnte, riß eine Hand die Decke weg, die er sich bis über die Nase gezogen hatte.

Etwas, vielleicht ein bestimmtes Rascheln, vielleicht auch ein Geruch, ließ ihn ahnen, daß es Antoinette war, denn andernfalls hätte er gezögert, die Augen zu öffnen. Sie war blasser als sonst, wodurch ihre Sommersprossen noch mehr auffielen. Sie blickte ihm scharf ins Gesicht und hielt ihm ein Blatt Papier hin.

»Los, lesen Sie!«

»Wie spät ist es?«

»Völlig egal. Lesen Sie!«

Er spielte noch einen Moment den Schlaftrunkenen, doch Antoinette blieb unbeweglich neben dem Bett stehen. Schließlich las er:

*»Antoinette.*
*Versuch vernünftig zu sein und mich zu verstehen. Schaff den Kerl um alles in der Welt aus dem Haus! Sofort! Auch wenn es schwierig ist! Er wird sich mit Händen und Füßen dagegen sträuben. Aber richte ihm aus, daß die Polizei alles weiß und daß es nur noch eine Frage der Zeit ist, bis sein Name in den Zeitungen steht. Noch hat er Zeit abzuhauen. Sag Mama nichts davon. Ich umarme dich.*

*Deine Schwester,*
*Sylvie.«*

Elie hatte den Brief zehnmal gelesen. Er hielt den Kopf gesenkt und starrte auf das Blatt Papier. Antoinette hatte sich nicht vom Fleck gerührt. In ihrer schwarzen Schürze sah sie aus wie eine Klosterschülerin. Doch langsam wurde sie ungeduldig, und schroff fragte sie: »So, und jetzt?«

Er saß auf dem Bettrand, mit bloßen Füßen, und sein halboffener Pyjama ließ den mageren behaarten Oberkörper sehen. Seine Finger öffneten sich, der Brief fiel auf den Bettvorleger, und seine Hände tasteten ins Leere.

»Hören Sie auf, Theater zu spielen!« sagte Antoinette.

Elie hielt seine Hände still und hob den Kopf. Sein Gesicht hatte in diesem Augenblick noch keinen Ausdruck angenommen, es verriet auch nicht andeutungsweise, wozu er sich entschließen würde. Seine Stirn war gerunzelt, vielleicht war es Angst, vielleicht auch Nachdenklichkeit. Sein Blick aber war verschlagen und mißtrauisch.

»Sie wollen mich vor die Tür setzen?« sagte er weinerlich und versuchte, völlig am Boden zerstört zu erscheinen.

»Hier können Sie nicht bleiben!«

Eigentlich war es nicht der Brief, der ihn so getroffen hatte, sondern das, was Antoinette sagte. Er geriet außer sich. Sein Zusammenbruch kam so plötzlich, daß dem Mädchen angst wurde. Er war aufgestanden und ging nun auf sie zu. Die Verstörung stand ihm ins Gesicht geschrieben. Seine Lippen zitterten, als er kurz und schwer atmend ausstieß:

»Sie wollen mich wirklich ausliefern?«

Sie wollte sich abwenden, doch sie konnte nicht. Er bot den gleichen hypnotisierenden Anblick wie jemand, der gerade von einer Straßenbahn zermalmt wird.

»Antworten Sie!«

Der Schweiß war ihm ausgebrochen. Seine Haut war

fahl. Er war unrasiert und ungewaschen. Sein Pyjama war zerknittert.

Er hatte Angst. Es war unerträglich.

»Lassen Sie mich!« bat sie.

»Antoinette ... Sehen Sie mich an!«

Sie spürte seinen Atem und war nahe daran, zu schreien.

»Sehen Sie mich an ... Ich will, daß Sie mich ansehen ... Ich habe auch eine Schwester ... Stellen Sie sich vor, Sie hätten einen Bruder, der jetzt an meiner Stelle ...«

Und plötzlich, als sie am wenigsten darauf gefaßt war, ließ er sich vor ihr auf die Knie fallen und ergriff zitternd ihre Hände.

»Sagen Sie nichts ... Jagen Sie mich nicht fort, bitte ... Wenn ich von hier weg muß, weiß ich, daß sie mich schnappen ... Verstehen Sie? Und Sie wären schuld. Ich will nicht sterben, Antoinette!«

»Stehen Sie auf!«

»Nicht bevor Sie mir geantwortet haben.«

Sie wich zurück, doch er rutschte auf Knien hinter ihr her.

»Antoinette, das können Sie nicht tun! ... In Frankreich ...«

»Seien Sie doch still!« brüllte sie ihn an.

Im gleichen Moment hielt sie inne, ihre Augen blickten starr geradeaus, und es brach ihr der kalte Schweiß aus. Vor dem Fenster war jemand vorbeigegangen. Es war Madame Baron, sie war einen Moment stehengeblieben und hatte ganz automatisch einen Blick ins Zimmer geworfen.

Der Schlüssel drehte sich im Schloß, die Tür ging auf und fiel wieder zu, der Einkaufskorb wurde im Flur abgestellt.

»Stehen Sie auf, schnell!«

Es war zu spät. Madame Baron stand schon im Türrahmen. In ihrem schwarzen Kleid und mit dem Hut sah sie strenger und ernster aus als gewöhnlich.

Sie sah ihre Tochter an, denn den Mann im Pyjama, der unbeholfen aufstand.

»Geh in dein Zimmer!« sagte sie endlich. »Rasch... sofort!«

Sie war aufgebracht. Sie schloß die Tür hinter Antoinette und ging unerbittlich auf Elie zu.

»Und Sie, Sie Dreckskerl?«

Sie hob sogar die Hand, als wollte sie ihn schlagen. Er wich zurück und hielt sich einen Arm vors Gesicht.

»Schämen Sie sich nicht, ein Kind zu belästigen? Ich weiß nicht, was mich davon abhält, Sie...«

Sie verstummte. Sie sah ihn gespannt an und bemerkte nun, wie sich Tränen und Schweiß in Elies blutleerem Gesicht vermischten. Plötzlich, als sie überhaupt nicht darauf gefaßt war, brach er erneut zusammen. Er zitterte am ganzen Leib, und sein Atem ging stoßweise.

Sie blieb unentschlossen stehen und sah ihm zu, wie er in einer Ecke mit geballten Fäusten auf die Wand einschlug.

»Was ist denn jetzt los?«

Diese Stimme, in ihrem alltäglichen Tonfall, hätte ihn in die Wirklichkeit zurückholen sollen, doch Elie beruhigte sich nicht. Er klapperte mit den Zähnen, und sie glaubte ihn stammeln zu hören:

»Mutter! Mutter!«

Das war kein Mann mehr. In dem Pyjama steckte der Körper eines Kindes, und wie ein wütender Bengel bearbeitete Elie weiter mit seinen Fäusten die Wand.

»Sind Sie verrückt geworden?«

Während sie das sagte, bückte sie sich, um den Brief aufzuheben, und erkannte Sylvies Schrift.

Sie las, obwohl sie gar nicht hätte lesen brauchen. Sie, die nie den geringsten Verdacht gehegt hatte, verstand alles, auf einen Schlag. Elie drehte sich um, die Handflächen an die Wand hinter ihm gepreßt, wie jemand, der sich abstoßen will. Er keuchte immer noch.

»Ach so...«, sagte Madame Baron und ließ das Blatt wieder fallen.

Ihre Knie gaben nach, und sie mußte sich auf dem Tisch abstützen.

»Und ich gutmütiger Esel habe nichts geahnt. Ich muß schon sagen, Sie waren geschickt!«

Sie spürte, daß er gleich die Hände falten, sie anflehen, vielleicht sogar auf die Knie fallen würde, so wie er es gerade vor Antoinette getan hatte, und brummte vor sich hin:

»Nein... Nicht so was! Gehen Sie! Auf der Stelle! Nehmen Sie Ihre Sachen und verschwinden Sie! Verstanden?... Wenn Sie in einer Viertelstunde noch hier sind, hole ich die Polizei.«

Sie ging auf die Tür zu, blieb jedoch stehen, da hinter ihr ein unglaubliches Geheul losging, ein Schreckensgeheul, wie es nur Katastrophen hervorbringen, wo die menschliche Stimme den Lauten ähnlich wird, die gehetzte Tiere ausstoßen.

Elie hatte sich bäuchlings aufs Bett geworfen. Zusammengekrümmt, die Arme verschränkt, die Finger in die Decke gekrallt, schrie er:

»Mutter!«

Madame Baron wandte den Blick ab und zur Straße hinaus, weil sie befürchtete, ein Passant könnte etwas gehört haben.

Und Elie, verrückt vor Angst, heulte, schrie und zeterte weiter.

»Beruhigen Sie sich«, sagte sie und wunderte sich selbst über den Klang ihrer Stimme. »Sie werden alle Nachbarn zusammentrommeln.«

Sie ging zögernd einen Schritt auf ihn zu.

»Sie wissen sehr gut, daß Sie nicht hierbleiben können.«

Mit einer müden Bewegung nahm sie ihren Hut ab und legte ihn auf den Tisch.

»Sie müssen vernünftig sein ... Noch können Sie fliehen.«

Sie lief schnell zur Tür, horchte auf die Geräusche im Haus, drehte den Schlüssel herum und ging wieder aufs Bett zu.

»Haben Sie mich verstanden, Monsieur Elie? ... Ich wiederhole, daß ...«

Der Wecker in der Küche tickte vor sich hin. Aus dem Wasserkessel stömte Dampf, und der Deckel tanzte. Manchmal regneten Funken durch den Rost und zerfielen im Aschefach zu feinem Staub.

Die Fensterscheiben waren beschlagen. Es war kein Tischtuch aufgelegt, nur dort, wo seit der Früh das

Gedeck Elies lag. Zwei verrührte Eier und ein Streifen Speck brauchten bloß noch aufs Feuer gestellt zu werden.

Der Einkaufskorb, aus dem Lauchstangen ragten, stand noch im Flur.

Man hörte nichts als das Ticken des Weckers. Noch nie war das Haus so verlassen gewesen. Alle Türen waren geschlossen, und nirgendwo stand etwas im Weg, weder ein Wassereimer noch ein Geschirrtuch, noch ein Schrubber.

Man konnte an einen Raum denken, in dem man mit angehaltenem Atem auf das Ende einer Entbindung wartet.

Dann hörte man Schritte in Elies Zimmer, die Tür ging auf und knarrte, so als sei sie seit langem das erste Mal wieder geöffnet worden. Mit dem Hut in der Hand ging Madame Baron an dem Korb vorbei. Sie schien ihn erst nicht gesehen zu haben, machte jedoch auf dem Absatz kehrt und hob ihn auf.

Sie machte die Tür zur Küche auf. Man konnte kaum darin atmen, so voller Dampf war sie. Sie öffnete das Fenster und ließ die eisige Luft aus dem Hof in die Küche.

Es gab eine ganze Reihe von Sachen, die zu erledigen waren, und Madame Baron erledigte sie wie immer, nur ihr Blick war müder als sonst. Sie nahm den fast leeren Wasserkessel vom Herd und ließ ihn vollaufen; sie stellte den Suppentopf aufs Feuer, hing ihren Hut an den Haken und breitete das Gemüse auf dem Tisch aus. Schließlich warf sie einen Blick auf die Uhr. Es war zwanzig nach zehn.

Sie band sich ihre Schürze um, nahm ein Schälmesser aus der Schublade und rief durch die Küchentür:

»Monsieur Moïse!«

In diesem Augenblick wurde sie von ihren Gefühlen überwältigt. Sie rief noch mal, doch ihre Stimme war nicht mehr dieselbe. Als sie wieder in der Küche war, rieb sie sich die Augen und putzte sich mit der Schürze ihre Nase.

Oben hörte man Monieur Moïse. Er öffnete seine Tür und kam die Treppe herunter. Madame Baron schälte Zwiebeln fürs Ragout, doch sie weinte nicht wegen der Zwiebeln. Moïse, bemerkte das sofort und fragte mit gerunzelter Stirn:

»Was ist?«

»Setzen Sie sich Monsieur Moïse, ich muß mit Ihnen reden.«

Sie drehte den Kopf beiseite, aber er sah dennoch ihr verweintes Gesicht; sie sah ganz unglücklich und verwirrt aus, und er versuchte woanders hinzusehen.

»Ich habe Vertrauen zu Ihnen, Monsieur Moïse... Es ist etwas passiert, das ich nicht einmal meinem Mann erzählen kann... Sie kennen ihn ja: Er würde anfangen herumzuschreien, und das würde auch nichts ändern...«

Sie schneuzte sich und schloß die Ofentür.

»Ich weiß nicht, wie ich es Ihnen erklären soll... Vor allem müssen Sie mir versprechen, mit niemandem darüber zu reden.«

Sie schnitt die Zwiebeln in feine Streifen und gab sie in den blauen Emailletopf.

»Ich habe gerade erfahren, daß der neue Mieter...«

Sie hob den Kopf, sah ihn an und verstand sofort.

»Sie wußten es?... Nur ich hatte nicht den geringsten Verdacht. Ich umsorgte ihn wie die andern, besser als die andern... Ich wollte ihn auf der Stelle vor die Tür setzen... Mein Mann ist doch Beamter...«

Vergeblich versuchte sie, die Erinnerung an die Szene vorhin wegzuwischen. Das Zwiebelmesser blieb in der Luft.

»Ich kann Ihnen gar nicht sagen, wie es war... Ich hätte nie gedacht, daß so etwas überhaupt möglich ist... Er hat nach seiner Mutter geschrien, und seine Lippe blutet, weil er so sehr darauf herumgebissen hat...«

Rein instinktmäßig schaute sie hinaus in den Korridor und hinauf zu der Tür, hinter der sie fast eine halbe Stunde lang mit Elie allein gewesen war.

»Kennen Sie sich aus in der französischen Rechtsprechung?«

Und als Moïse nicht antwortete, fügte Madame Baron hinzu, während sich ihre Lippen zu einem neuerlichen Schluchzen vorschoben:

»Man haut ihnen den Kopf ab.«

Worauf sie ihr Zwiebelmesser auf den Tisch warf und ihr Gesicht in der Schürze barg. Schluchzend stand sie so, vor dem Herd, während Moïse verlegen ein übers andere Mal sagte:

»Aber, Madame Baron... Madame Baron... ich bitte Sie...«

Sie gab sich einen Ruck, ohne jedoch das Gesicht zu heben.

»Es geht schon... Ich bin einfach fertig mit den Nerven.«

Moïse legte ihr schüchtern die Hand auf die Schulter. Mehr traute er sich nicht.

»Wenn Sie ihn gesehen hätten ... fast nackt ... er ist so mager wie ein Vierzehnjähriger.«

»Beruhigen Sie sich doch, Madame Baron ... Sie werden noch krank ...«

Sie gab sich erneut einen Ruck, wischte sich über die Augen, die Wangen, zog die Schürze vom Gesicht und versuchte sogar zu lächeln.

»Nun geht's mir schon besser ...«

Sie ging zum Fenster, das sich inzwischen noch weiter geöffnet hatte, und machte es zu.

»Vielleicht war es falsch ... Er hat mir versprochen, daß es nur um ein paar Tage geht. Dann wäre er außer Gefahr ... Er hat mir die fünfhundert Franc gezeigt, die er noch hat ... Er wird nicht weit kommen damit.«

Plötzlich fiel ihr etwas ein. Sie hob den Deckel der Suppenschüssel, wühlte fiebrig darin rum, fand den Tausend-Franc-Schein und warf ihn in den Ofen.

»Ich werde mit niemandem darüber sprechen können ... Sagen Sie, Monsieur Moïse, Sie glauben doch auch, daß er hierbleiben kann, nicht wahr? ... Die Polizei vermutet ihn ganz woanders ... Niemand wird auf unser kleines Haus kommen.«

Sie fürchtete, daß sie ihn nicht überzeugt hatte.

»Als er von seiner Mutter gesprochen hat ... Ich habe auch an Ihre Mutter gedacht ... Wenn es nur um Gefängnis gehen würde, das wäre etwas anderes ...«

Sie schälte weiter Zwiebeln, und ihre Augen wurden wieder glasig; doch diesmal kamen keine Tränen.

Sie beruhigte sich. Sie zog die Nase hoch. Sie sah auf die Uhr.

»Wie soll ich nur das Essen rechtzeitig fertigbekommen?... Monsieur Domb und Monsieur Valesco sind ja auch noch da... Wenn es in der Zeitung steht, werden sie Bescheid wissen... Würden Sie es ihnen dann vielleicht beibringen...?«

Noch etwas ging ihr durch den Kopf.

»Haben Sie Antoinette gesehen?«

»Ich habe gehört, wie sie in ihr Zimmer gegangen ist.«

Sie rief in den Flur:

»Antoinette!... Antoinette!...«

Keine Antwort. Ihre Tür öffnete sich nicht. Madame Baron hatte noch ihr Küchenmesser in der Hand und stürzte die Treppe hinauf.

»Was machst du denn?«

Antoinette machte nichts. Es gab keinen Ofen in ihrer Kammer, und obwohl die Dachluke verschlossen war, kam eisige Luft rein, so als sei das Glas zu dünn.

Antoinette lag reglos auf ihrem Bett und starrte in die Dachschräge über ihr hinauf.

»Warum antwortest du nicht, wenn ich dich rufe?«

Noch nie hatte Madame Baron diesen Blick an ihrer Tochter wahrgenommen, auch nicht diese strengen Gesichtszüge. Sie bekam es so sehr mit der Angst, daß sie sie anfassen wollte.

»Und? Was ist?« antwortete das Mädchen ungeduldig.

»Du hast mich erschreckt... Komm runter... Es ist zu kalt hier... Was siehst du mich so an?«

»Wo ist er?«

»In seinem Zimmer.«

Die Mutter wußte nicht, wie sie ihre Entscheidung begründen sollte.

»Du verstehst das nicht!... Er wird hierbleiben... Ich verbiete dir nur, mit ihm zu reden... Hörst du?«

Antoinette schien auf einmal hellwach zu sein und bewegte ihren Kopf, als machte sie Nackengymnastik.

»Es war falsch von deiner Schwester, dich da hineinzuziehen... Komm!«

Sie stiegen hintereinander die Treppe hinunter. Als Moïse Antoinette erblickte, erschrak auch er, so sehr fand er sie verändert.

»Ich werde mit Domb und Valesco reden«, sagte er hastig.

»Danke... Hol mir mal die Butter aus dem Wandschrank, Antoinette.«

Sie zwang sich, Moïse anzulächeln.

»Ich danke Ihnen, Monsieur Moïse... Glauben Sie, daß es richtig war, was ich getan habe? Sagen Sie...«

Er antwortete mit einem unbestimmten Lächeln und ging zur Treppe.

»Warum kommen Sie nicht in die Küche an den Ofen zum Lernen?«

Er hatte sie wohl nicht gehört.

Das Leben im Haus ging wieder seinen gewohnten Gang. Die Zwiebeln brutzelten auf dem Herd, Madame Baron schnitt das Ragout klein und sagte, ohne ihre Tochter anzusehen:

»Vor allem darf dein Vater keinen Verdacht schöpfen! Du siehst die Zeitung vor ihm durch, und wenn etwas drin steht, reißt du die Seite raus!«

Antoinette antwortete nicht.

»Geh' jetzt und mach das Zimmer von Domb! Denk dran, daß heute die Laken gewechselt werden!«

Monsieur Baron kam als erster zum Essen herein. Es war halb zwölf. Er kam von der Nachtschicht, hing seinen Mantel auf, ging in die Küche, schnupperte und fragte:

»Ist das Essen fertig?«

»In ein paar Minuten.«

Seine Frau stellte ihm die Pantoffeln vor den Korbsessel. Monsieur Baron zog seine Schuhe aus und knöpfte seinen Kragen ab.

»Es kann doch in Luxemburg fürchterlich kalt sein! Im Morgengrauen haben wir ein Wildschwein im Schnee gesehen.«

»Liegt Schnee?«

»Ein Meter zwanzig an manchen Stellen.«

Sie richtete es so ein, daß sie ihm den Rücken zukehrte, aber irgendwann mußte sie sich doch umdrehen, und dann sah er ihr Gesicht.

»Was hast du?«

»Ich?«

»Du hast ganz rote Augen.«

»Das kommt von den Zwiebeln.«

Die Schalen lagen noch auf dem Tisch.

»Kannst du mir nicht gleich mein Essen geben, damit ich mich hinlegen kann?«

Sie beeilte sich. Der Kartoffelauflauf fing gerade an, eine Kruste zu bilden, und sie holte ihn aus dem

Ofen und deckte den Tisch. Valesco kam in die Küche. Er hatte noch nicht abgelegt und brachte in den Falten seines Mantels schneidend kalte Luft mit herein.

»Warten Sie noch eine Viertelstunde, Monsieur Valesco. Ich versorge erst meinem Mann. Er kommt gerade von der Nachtschicht.«

»War mein Freund hier?«

»Es ist niemand gekommen... Ah, ja... Gehen Sie doch mal zu Monsieur Moïse, er wollte Ihnen etwas sagen.«

»Mir?«

Ihr war erst wohl, als sie ihn die Treppe hochgehen hörte.

»Hat er gezahlt?« wollte Monsieur Baron wissen.

»Ja. Gestern. Er hat sogar einen Kuchen mitgebracht, und wir durften kosten. Ich habe dir ein Stück aufgehoben.«

»Wo ist Antoinette?«

»Sie macht noch die Zimmer.«

Er fing allein an zu essen und wischte sich manchmal seinen grauen Schnurrbart ab.

»Kein Brief von Sylvie?«

»Sie hat doch noch nie oft geschrieben.«

Madame Baron lief weiter hin und her, um ihre Nervosität zu überspielen. Als Monsieur Domb zur Tür herein kam und sich verbeugte, aß Monsieur Baron bereits seinen Kuchen fertig und trank seinen Kaffee.

»Gibt es schon Essen, Madame Baron?«

»Einen Moment noch, Monsieur Domb.«

Er sah immer aus, als würde er gerade aus dem Bad kommen, so rosig frisch war seine Haut. Er grüßte und wollte sich wieder zurückziehen.

»Wo gehen Sie hin?«

»Auf mein Zimmer.«

»Sie dürfen gerne hier warten. Sie stören uns nicht.«

Das steife Benehmen des Polen gab Madame Baron ihre Fassung zurück.

»Setzen Sie sich! Ihre Kollegen kommen gleich.«

Monsieur Baron stand auf und streckte sich.

»Weckst du mich um vier Uhr?«

Er küßte seine Frau im Vorbeigehen auf die Haare, während Madame Baron ihren Ruf anstimmte:

»Monsieur Valesco!... Monsieur Moïse!... Antoinette! Zu Tisch!«

Sie bemühte sich zu lächeln, damit ihre geröteten Augen nicht so auffielen. Ihr Kopf war leer, und als die kleine Schar die Treppe herunterstieg, fiel ihr ein, daß sie jemanden vergessen hatte.

»Monsieur Elie!... Kommen Sie essen!«

Es verging eine Weile. Die anderen hatten Zeit, sich hinzusetzen. Madame Baron horchte angestrengt. Schließlich vernahm sie das leise Drehen eines Schlüssels und das Knarren der Tür.

Sie legte Kohlen nach und stocherte kräftig mit dem Schürhaken in der Glut herum.

Die Tür ging auf und wurde wieder zugemacht. Man sagte guten Tag.

Als sie sich umdrehte, saß Elie an seinem Platz. Er sah kaum anders aus als sonst, vielleicht etwas blasser. Seine Augen waren noch ein wenig glasig, doch dafür hatte er sich sorgfältig gekämmt und rasiert. Er bekam die Platte gereicht, bediente sich und bat Antoinette mit gedämpfter Stimme:

»Können Sie mir bitte das Brot reichen.«

War es der Kragen, den er angelegt hatte, oder die Krawatte? Antoinette starrte auf seinen Hals, sprang plötzlich auf, und noch bevor jemand etwas sagen konnte, hatte sie die Tür hinter sich zugeschlagen.

Madame Baron wollte ihr erst hinterherrennen, besann sich aber eines Besseren und erklärte:

»Sie ist nervös heute.«

Monsieur Moïse war der einzige, für den Madame Baron mittags nicht kochte, denn die Mahlzeit kostete fünf Franc extra. Er ernährte sich von Brot und Butter aus seiner Blechbüchse.

Es war wie ein Präludium, das Geräusch der Gabeln, Teller und Gläser. Es hob an und schwoll an, bis Elies Stimme dazwischenfunkte:

»Es muß kalt sein draußen...«

Seine Stimme klang wie immer, lediglich etwas vernuschelt wegen des Essens, das er im Mund hatte. Niemand antwortete.

## 9

Im Zimmer, beziehungsweise in der Mansarde von Moïse, zersprang eine Porzellankanne, und noch Tage danach konnte man den krugförmigen Eisblock in einer Ecke des Hofes stehen sehen.

Ständig hieß es: »Tür zu!«

Es war dreizehn oder vierzehn Grad unter Null, doch der Himmel war klar, und seit ein paar Tagen schien sogar die Sonne.

»Machen Sie doch bitte die Tür zu!« sagte zum x-ten Male Madame Baron.

Ihre Küche war allgemeiner Zufluchtsort. Das Leben des Hauses spielte sich hier ab. Schon frühmorgens kamen die Untermieter, einer nach dem anderen, und warteten im Pyjama darauf, daß sie heißes Wasser bekamen, denn es reichte nicht für alle gleichzeitig. Und als erstes mußte Madame Baron morgens vor der Tür und auf dem vereisten Trottoir Salz streuen.

Sie kam mit verfrorenen Fingern und roter Nase wieder ins Haus und rieb sich über der Glut die Hände. Doch insgesamt war die Kälte der guten Laune sogar zuträglich. Auch die Kinder, die eingemummelt zur Schule gingen, wollten, daß es so bliebe, ja, wäre es nach ihnen gegangen, hätte die Temperatur sogar noch weiter fallen können. Eine Nachbarin, bei der die Wasserleitung geplatzt war, sah man alle Augenblicke zwei Eisblocks aus dem Haus schaffen.

In Holland fing die Zuidersee an zuzufrieren.

Es war aufregend, und allmorgendlich ging Elie Nagéar als erster zu dem Thermometer, das im Hof aufgehängt worden war. Er kam triumphierend in die Küche zurück.

»Weniger als vierzehn!« verkündete er. »Wissen Sie, daß es in Anatolien in jedem Winter kälter als dreißig oder fünfunddreißig Grad minus ist?«

Er sah in die Gesichter rund um den Tisch. Domb hüllte sich in Schweigen, doch Elie tat so, als merkte er es gar nicht. Valesco lächelte von Zeit zu Zeit höflich, zum Zeichen, daß er zuhörte, und Moïse beteiligte sich ohnehin nie an Unterhaltungen.

»Es gab einen Winter, da wollte ich mit meinem Auto von Trapzon nach Persien fahren, um für meinen Vater etwas zu erledigen. Wissen Sie, die Strecke besteht fast nur aus Kamelpfaden ...«

»Gibt es denn keine Eisenbahn?« wunderte sich Monsieur Baron.

»Es soll eine gebaut werden, aber mit den Arbeiten ist noch nicht begonnen worden. Es handelt sich ja nicht um so kurze Strecken wie hier. Bei uns zählt man in Tausenden von Kilometern.«

Eigentlich war Monsieur Baron inzwischen der einzige, der noch mit Elie sprach. Möglicherweise wunderte er sich über das Verhalten der anderen, aber nicht so sehr, daß er es angesprochen hätte.

Und Elie? Der war noch nie so geschwätzig und lebhaft gewesen. Er vergaß seine Erkältung und seinen steifen Nacken, hatte Appetit und aß weiterhin als einziger eine vollständige Abendmahlzeit.

Erst hatten sie ihn beäugt, wie er vor ihnen Fleisch und Gemüse verschlang, während sie sich mit Stullen begnügten. Doch hatte er sich nichts anmerken lassen und Monsieur Baron gebeten, ihm doch bitte den Käseteller zu reichen, der vor ihm stand.

Nur Antoinette aß nichts mehr. Ihr Vater stellte besorgt fest: »Du siehst völlig ausgemergelt aus. Das liegt wohl am Alter, aber ein Grund mehr, viel zu essen!«

Nagéar mischte sich ein:

»Als meine Schwester in ihrem Alter war, wäre sie fast gestorben. Wir mußten sie nach Griechenland schicken. Kennen Sie Giechenland?«

»Diese Oberflächlichkeit!« beklagte sich Madame Baron bei Moïse. »Er denkt sich nichts.«

Morgens noch hatte er ganz selbstverständlich erklärt:

»Wissen sie, Madame Baron, ich werde bezahlen. Ich habe meiner Schwester geschrieben. Es dauert keine Woche, bis ich das Geld habe.«

Sie zog es vor, nicht zu antworten, und ging weiter ihrer Arbeit nach. Sie sah, wie er das Einkaufsnetz mit den Muscheln holte, eine Schublade aufzog und ein Messer raus nahm.

»Was machen Sie da?«

»Ich gehe Ihnen etwas zur Hand. Ich putze die Muscheln.«

»Ich bitte Sie, Monsieur Elie.«

»Ich tue es doch gern.«

Er lebte in der Küche. Gelang es einmal, ihn für einen Augenblick loszuwerden, so kam er bestimmt bald unter einem neuen Vorwand zurück.

»Hören Sie, ich muß waschen. Gehen Sie in Ihr Zimmer!«

Dann fiel ihm ein neuer Trick ein. Er ließ seine Tür offenstehen, und jeder, der kam oder ging, mußte an ihm vorbei.

»Kommen Sie doch einen Moment herein, Valesco! Zum Aufwärmen! Madame Baron will niemanden in der Küche haben. Eine Zigarette? Und, was habe ich gesagt? Nichts in den Zeitungen!«

Er las sie immer zuerst. Er nahm sie sogar Monsieur Baron aus der Hand.

»Sie gestatten?«

Wenn er sicher sein konnte, daß nichts über ihn stand, sah er in die Runde und brummte:

»In Ordnung!«

Madame Baron hatte beim ersten Mal gezittert und ihren Mann beobachtet, doch dieser sah darin nur Elies Übereifer und weiter nichts. Jeder versuchte, Elie aus dem Weg zu gehen.

»Ich flehe Sie an, bleiben Sie in Ihrem Zimmer!«

»Wenn ich doch aber lieber bei Ihnen bin!«

Sie wagte nicht, ihm zu antworten: »Und mich macht Ihre Anwesenheit krank!«

Das war die Wahrheit. Allen ging es so, und alle bedrückte es, außer Monsieur Baron, der von nichts wußte. Es war soweit gekommen, daß nur noch heimlich einige Worte gewechselt wurden, auf dem Treppenabsatz oder in einer Mansarde im zweiten Stock.

Doch Elie hatte gute Ohren und fragte bald dazwischen:

»Reden Sie über mich?«

»Wie kommen Sie darauf? Sie bilden sich wohl ein, man könnte nur über Sie reden?«

»Ich weiß, daß Sie über mich gesprochen haben. Doch Sie brauchen keine Angst zu haben. In ein paar Tagen wird niemand mehr an diese Geschichte denken, und ich werde verschwinden. Wenn ich in meinem Heimatland bin, werde ich Ihnen ein Andenken schicken.«

Er hatte seinen Zusammenbruch vergessen, auch seine Tränen. Man konnte es fast nicht glauben, daß er einmal vor Antoinette auf den Knien gerutscht war, daß er unter Schluchzen und Schlucken von seiner Mutter gesprochen und Madame Baron, wie ein Kind, mit hochrotem Gesicht, angefleht hatte, so daß sie fürchten mußte, er würde gleich sterben. War er nicht dreimal mit dem Kopf gegen die Wand gerannt? Hatte er sich nicht wie ein Epileptiker auf dem Boden gewunden?

Für ihn war das vorbei! Er war obenauf. Seine Miete stand zwar noch aus, denn der Schein war ja verbrannt worden, aber er versprach, Geschenke aus der Türkei zu schicken.

»Sie werden sehen, bevor ich fahre, zeige ich Ihnen noch, wie man türkischen Kaffee macht, und später werde ich Ihnen ein Service aus getriebenem Kupfer schicken.«

Es gab Momente, in denen Madame Baron vor ihm auf die Knie gefallen wäre, wenn Sie ihn dadurch hätte zum Schweigen bringen können. Keinen Moment konnte sie mit ihrer Tochter allein sein, die von Tag zu Tag schlechter aussah. Dachte man, er sei in seinem Zimmer, so stand er bestimmt schon hinter der Tür zur Küche. Das war sein Reich. Fünfzigmal pro Tag ging er zwischen seinem Zimmer und der Glastür hin und her, und während Madame Baron die Zimmer machte, war er es, der mit einer Messerspitze in die Kartoffeln stach, um zu probieren, ob sie schon fertig waren.

»Und wenn ich Ihnen sage, daß es mir Spaß macht.«

Mit Moïse sprach er selten und mit Domb nie, der, sobald er mit dem Essen fertig war, in sein Zimmer ging.

»Er hätte mich doch auch um eine Büchse für Butter und Brot bitten können!« klagte Madame Baron. »Finden Sie nicht auch, Monsieur Moïse? Nur seinetwegen muß ich abends kochen.«

»Warum tun Sie es denn?«

»Ich traue mich nicht... Außerdem würde mein Mann sich wundern.«

Zu allem Überfluß trug Elie, seit es so kalt war, von morgens bis abends eine violette Hausjacke mit Husarentressen. Er war völlig zufrieden! Er hatte ausführlich erläutert, daß er dieses Kleidungsstück in Budapest, beim Schneider von Admiral Horthy, gekauft hatte.

Der schlimmste Tag war ein Dienstag. Monsieur Baron fuhr mit dem Tagzug und sollte nicht vor sieben Uhr abends zurückkommen. Am Vorabend hatte Elie bereits gewittert, daß sich im Haus etwas Ungewöhnliches anbahnte, und als er am nächsten Morgen Madame Baron mit Blumen vom Markt zurückkommen sah, runzelte er die Stirn und legte seine Falle, d. h., er setzte sich in sein Zimmer und ließ die Tür offen. Valesco mußte wohl oder übel an ihm vorbei.

»Hey!« rief Elie ihm zu. »Kommen Sie doch einen Moment herein, mein Freund.«

»Ich hab's aber eilig!«

»Es dauert keine Minute... Was ist eigentlich hier los?«

Valesco wollte nichts sagen, doch er schuldete Elie dreihundert Franc und wußte nicht, wann er sie zurückzahlen konnte.

»Monsieur Baron hat Namenstag.«

»Ich verstehe. Hören Sie, da ich nicht rausgehen möchte, werden Sie mir aus dem besten Blumengeschäft der Stadt einen schönen Strauß besorgen. Einen Strauß von sagen wir hundert Franc... Dann noch ein Geschenk... Warten Sie... hat er schon einen Füllfederhalter?... Kaufen Sie einen besonders schönen... Hier sind dreihundert Franc für alles.«

An jenem Morgen waren Eisblumen an den Scheiben und einige Augenblicke später sah er das verschwommene Gesicht des Rumänen draußen vor dem Fenster.

Er zog seine Husarenweste an und ging mit einem geheimnisvollen und zufriedenen Lächeln auf den Lippen in die Küche. Madame Baron bereitete zwei Hähnchen und einen Pudding. Der Konditor lieferte Torte.

»Gehen Sie in Ihr Zimmer, Monsieur Elie... Ich bitte Sie im guten... Oder muß ich böse werden?«

Es war das einzige Mal, daß er nachgab. Mittags

wurde in aller Schnelle gegessen. Madame Baron und Antoinette mußten weggehen. Beide waren schon angezogen.

War es, daß Elie sich nicht genügend beachtet fühlte, daß er über dieser familiären Festlichkeit in Vergessenheit geriet? Jedenfalls sagte er plötzlich, mit Blick auf seinen Tischnachbarn Valesco:

»Ich habe an etwas gedacht... Die Zeitungen sprachen heute von den Unterschieden zwischen der französischen und belgischen Rechtsprechung... Nehmen Sie mal an, jemand wird in Belgien von der französischen Polizei gesucht und begeht in Brüssel oder anderswo ein Verbrechen...«

Man hörte nichts als das Geräusch der Gabeln, das plötzlich einen unheilvollen Klang bekam.

»Verstehen Sie denn nicht? Jemand riskiert, in Frankreich zum Tode verurteilt zu werden und begeht in Belgien ein Verbrechen. Logischerweise muß man ihn zuerst in Belgien verurteilen. Er wird hier eingesperrt und muß natürlich seine Strafe auch hier verbüßen.«

Er war blaß. Er verzog eigenartig den Mund, aber es hätte auch ein Lächeln sein können. Außerdem lächelte Antoinette wieder einmal, und das schien ihn zufrieden zu stimmen.

»Ich möchte Sie bitten, von etwas anderem zu reden!« sagte Moïse ruhig und sah ihm dabei in die Augen.

Mehr nicht! Er wandte den Kopf wieder ab, doch vorher entwich seinen Augen noch ein ungewöhnlicher, flammender Blick.

Der Tisch wurde schneller als sonst abgeräumt. Domb verschwand als erster, dann Valesco, der in sein Zimmer ging. Madame Baron stieg die Treppe hoch, als Moïse gerade seine Studentenmütze aufsetzte, um wegzugehen.

»Monsieur Moïse!« rief sie.

»Ja ... Ich komme.«

Sie flüsterten dort oben, und Elie, der allein in der Küche war, versuchte vergeblich, etwas zu verstehen. Doch kurz darauf begriff er. Er begriff alles. Madame Baron und ihre Tochter gingen zusammmen weg, und Moïse, anstatt auch wegzugehen, kam mit seinen Büchern und Heften in die Küche.

Er sagte kein Wort, ließ sich in dem Sessel nieder, den Elie sonst immer in Beschlag genommen hatte und fing an, Sätze niederzuschreiben.

Nagéar legte zuerst Kohlen nach, stocherte geräuschvoll in der Glut herum, setzte sich vor den Ofen und sagte:

»Sie sollen also auf mich aufpassen! Man hat wohl Angst, ich würde etwas stehlen?«

Moïse tat so, als hätte er nichts gehört.

»Ich bekomme mehr mit, als Sie glauben. Doch ich behellige Sie nicht mehr lange. Sobald die Polizei an etwas anderes denkt, können Sie alle wieder ungestört Ihren Leidenschaften nachgehen.«

Der polnische Jude hob langsam den Kopf. Er sah nicht wütend aus, und seine vorstehenden Augen drückten nichts anderes aus als sonst, was den Satz, den er sagte, noch eindrucksvoller machte:

»Ich warne Sie, wenn Sie nicht sofort ruhig sind, haue ich Ihnen eine runter!«

Er war kleiner als Elie, aber muskulöser. Sein Stift eilte schon wieder über das Papier, und der Tisch vibrierte wie üblich.

Einige Minuten verstrichen. Moïse, ganz gelassen zwar, doch erstaunt über diese Stille, hob den Kopf. Sein Gegenüber gab keinen Laut von sich, vermied die geringste Bewegung. Er starrte verbissen auf das kleine rote Loch des Ofens. Sein Kiefer fiel herunter.

Moïse arbeitete weiter, und bald darauf erhob sich Nagéar leise, und ohne den kleinsten Luftzug zu verursachen, ging er zur Tür und schloß sich in seinem Zimmer ein, wo inzwischen das Feuer ausgegangen war.

Gegen vier Uhr, der Laternenanzünder war gerade vorbeigekommen, bewegten sich zwei Schatten vor dem Fenster vorbei, und Elie erkannte Madame Baron und Antoinette. Der Schlüssel wurde ins Schloß gesteckt, und die Tür ging auf, man hörte Schritte im Korridor. Die beiden Frauen waren noch nicht in der Küche, als der Zeitungsjunge, wie jeden Tag, die Zeitung in den Briefkasten steckte.

Nagéar holte sie und ging dann in die Küche. Moïse suchte gerade seine Papiere zusammen. Über den Tisch verstreut lagen etliche Päckchen. Madame Baron sagte:

»Geh dich umziehen, Antoinette!«

Sie legte Kohlen nach und stellte Wasser auf, beides noch bevor sie ihren schwarzen Hut absetzte. Sie war rot vor Kälte. Eisperlen glitzerten in ihrem Pelzschal.

»War jemand da, Monsieur Moïse?«

»Niemand, Madame.«

Ohne von Nagéar Notiz zu nehmen, stieg sie die

Treppe rauf, und Moïse folgte ihr. Der Korbsessel knarrte, als sich Elie hineinsetzte. Die Zeitung raschelte. Auf der ersten Seite, nichts. Auf der zweiten, auch nichts. Aber auf der dritten sah er die Überschrift: DAS VERBRECHEN IM NACHTZUG:

Nur ein paar Zeilen. Es war keine Sensationsmeldung mehr.

*»Die Brüsseler Sûreté verfolgt weiterhin die Spuren des Verbrechens, das im Nachtzug von Brüssel nach Paris begangen wurde. Vor vier Tagen wurde eine gewisse Sylvie B. verhört, zur Zeit Tänzerin in einem Nachtlokal in Brüssel, mit deren Hilfe die Identität des Mörders ermittelt werden konnte. Sein Name ist Elie Nagéar, türkischer Staatsangehöriger. Er war der Liebhaber dieser Frau. Die Suche nach ihm blieb bisher ohne Erfolg. Es wird angenommen, daß Nagéar bereits das Land verlassen hat, bevor das Verbrechen entdeckt wurde. Frau B. wurde vorläufig auf freiem Fuß belassen.«*

Sorgfältig riß Elie die Seite raus und legte den Rest auf den Tisch. Seine Augen glänzten. Er zündete eine Zigarette an und zog den Rauch tief ein.

Er horchte auf die Geräusche im Haus. Er war ungeduldig. Endlich kam Madame Baron die Treppe herunter. Er stand auf, und kaum war sie in der Küche und band sich die Schürze um, da sprudelte er bereits los:

»Was habe ich Ihnen gesagt?«

Seine Stimme zitterte vor Freude und Stolz. Er hielt

ihr das Stück Papier hin und bestand darauf, daß sie es lesen sollte.

Er mußte auch noch hinzufügen:

»Sie suchen mich jetzt in Deutschland.«

Madame Baron überflog das Papier, gab es ihm mit einer müden Geste wieder zurück, schürte das Feuer.

»Noch ein paar Tage! Wie ich es vorausgesagt habe. Ich werde ...«

»Seien Sie still!« sagte sie schroff.

Ständig sah sie die Worte vor sich: ... *Liebhaber dieser Frau.*

»Das ist eine gute Nachricht. Wenn sie mich woanders suchen ...«

»So seien Sie doch still! Lassen Sie mich! Gehen Sie in Ihr Zimmer!«

»Wenn Sie es so sehen ...«

... *Liebhaber dieser Frau ...*

Sie bereitete das Abendessen weiter vor und weinte. Sie weinte still, so, wie nur Frauen in einem bestimmten Alter zu weinen wissen. Antoinette fragte beim Hereinkommen:

»Was ist, Mama?«

»Nichts ... Reich mir das Mehl!«

»Hat er noch etwas gesagt?«

»Nein ... Laß mich ... Ich bin nervös.«

»Ißt er mit uns, Papa?«

»Was soll man machen? Es muß wohl sein.«

Antoinette packte die Sachen aus: Zwei Paar Strümpfe, eine schwarze Seidenkrawatte mit kleinen weißen Blumen, eine kleine schmale Pappschachtel.

»Er wird sich über den Füller freuen«, sagte Antoinette. »Zu meinem Namenstag möchte ich auch einen.«

Er hatte sechzig Franc gekostet. Er war die Imitation eines amerikanischen Füllers, und die goldene Feder hatte nur vierzehn Karat.

»Reich mir die Butter...«

Elie las noch mal die Zeilen aus *La Gazette de Charleroi*, faltete den Ausschnitt klein zusammen und steckte ihn in die Tasche seiner lila Weste.

Domb kam zurück und ging direkt die Treppe rauf. Moïse ging weg, er rannte fast und sprang auf die abfahrende Straßenbahn auf. Eine halbe Stunde später war er schon wieder da.

Aus der Küche kamen die unterschiedlichsten Geräusche, und es roch nach allem möglichen. Jeder, ohne Ausnahme, blieb auf seinem Zimmer, und Elie, der die Vorhänge zugezogen hatte, machte sie einen Spalt auf, um das Kommen und Gehen auf der Straße zu beobachten.

Er hörte als erster das Bimmeln eines Lieferantenfahrrads, das am Straßenrand hielt. Er lief mit Kleingeld in der Hand zur Tür.

Es war der Blumenstrauß. Ohne in die Küche zu schauen, ging er in sein Zimmer zurück. Er entfernte das Silberpapier und stellte die Stengel ins Waschbecken. Valesco kam erst kurz vor sieben zurück. Elie machte die Zimmertür auf – er hatte schon auf der Lauer gelegen – und nahm das längliche Päckchen, das der andere ihm hinhielt.

»Hundertsechzig Franc... Es ist ein echter... Man kann ihn umtauschen, wenn einem die Feder nicht gefällt...«

In der Küche rieb sich Madame Baron die verweinten Augen. Sie weinte nicht im eigentlichen Wortsinn, doch sie hatte ständig nasse Augen.

»Gleich ist er da«, sagte sie.

Sie ließ die Blumen, die sie in den Spülstein gelegt hatte, abtropfen und verteilte sie auf zwei Vasen. Der Tisch sah festlich aus mit der rot-weiß karierten Tischdecke. Die verschnürten Päckchen lagen neben dem Gedeck von Monsieur Baron.

»Du solltest dich etwas pudern, Mama.«

»Sieht man, daß ich geweint habe?«

Und kummervoll:

»Hat Sylvie nicht geschrieben?«

Elie sah die Straßenbahn kommen. Ihre Scheiben waren beschlagen. Die Leute, die ausstiegen, waren nicht zu sehen, doch als der Wagen mit lautem Gebimmel weiterfuhr, konnte man Monsieur Baron erkennen, der die Straße überquerte. Man hörte, wie der Schlüssel ins Schloß gesteckt wurde, dann Schritte im Flur. Elie öffnete halb die Tür und hörte Antoinette ausrufen:

»Herzlichen Glückwunsch, Papa!«

Sie umarmten sich. Stimmen gingen durcheinander. Von oben, aus dem Dunkel, kamen auch Geräusche.

Elie kam als erster in die Küche, mit seinem riesigen Hundert-Franc-Strauß in der einen Hand und dem Päckchen in der anderen.

»Monsieur Baron, es ist mir ein Vergnügen, Ihnen meine Glückwünsche zu Ihrem Namenstag auszusprechen.«

Der Strauß war zu protzig, zu luxuriös für die

Küche. Monsieur Baron nahm ihn unbeholfen entgegen und sah ihn bewundernd an.

»Das ist zuviel... Das ist zuviel...«, druckste er.

Er besah auch das Päckchen und wußte nicht, was er tun oder was er sagen sollte. Er ging schwerfällig auf Elie zu und küßte ihn auf beide Backen, oder vielmehr, er drückte ihm seinen rauhen Schnurrbart darauf.

»Ich war gar nicht darauf gefaßt...«

Madame Baron rief in den Korridor:

»Monsieur Moïse!... Monsieur Domb!... Monsieur Valesco!... Zu Tisch!«

Monsieur Baron hatte bereits die Strümpfe und die Krawatte ausgepackt. Jetzt war das Päckchen von Elie an der Reihe.

»Eine echte *Parker*!« schwärmte er.

Nagéar lächelte. Antoinette war tief betrübt und versuchte, den anderen Federhalter, der noch eingepackt war, wieder wegzunehmen, doch ihr Vater war schneller:

»Was machst du?«

Er war glücklich! Er öffnete das zweite Päckchen, sah den Sechzig-Franc-Füller und stotterte verlegen:

»Jetzt habe ich zwei auf einmal.«

Madame Baron hantierte mit ihren Töpfen. Domb kam herein, schlug die Hacken zusammen und brachte eine hufeisenförmige Krawattennadel als Geschenk.

»Ich wünsche Ihnen einen wunderschönen Namenstag und möchte Ihnen aus diesem Anlaß meine Hochachtung ausdrücken, die bis zu meinem letzten Atemzug fortdauern wird.«

Dann kam Valesco und überreichte Monsieur Baron eine Bruyère-Pfeife.

Die anderen umarmte Monsieur Baron nicht. Er wußte nicht, warum, aber vielleicht standen sie einfach zu weit weg.

Moïse kam als letzter. Er hatte noch die Tür in der Hand und sagte:

»Ich gratuliere Ihnen zum Namenstag, Monsieur Baron!«

Er entschuldigte sich nicht, daß er kein Geschenk mitbrachte. Er hatte kein Geld. Er wollte seine Büchse nehmen.

»Heute nicht!« intervenierte Madame Baron lebhaft. »Sind Sie verrückt?«

Er errötete und setzte sich bescheiden auf seinen Platz. Monsieur Baron saß in seinem Korbsessel und sah sie alle mit fröhlichen Augen an.

»Ich bin sehr gerührt«, begann er.

Alle waren still, doch Nagéar mußte wieder anfangen:

»Bei uns feiert man den Geburtstag. An diesem Tag bringen sogar die Bediensteten Geschenke.«

Es gab keine Suppe, das war zu alltäglich. Madame Baron stellte zwei Hähnchen auf den Tisch, und ihr Mann erhob sich, um sie zu zerlegen.

»Lassen Sie mich machen!«

Schon wieder Elie! Antoinette war leichenblaß. Unter dem Tisch gab sie Moïse Fußtritte, der stur auf seinen Teller sah. Madame Baron hatte keine Zeit sich zu setzen, denn sie war noch mit den Vorbereitungen beschäftigt.

»Sie müßten doch die Riten kennen, Moïse! Wir

Juden haben sehr komplizierte Zeremonien... Sagen Sie, Madame Baron, haben Sie Kerzen?«

Sie drehte sich ruckartig um.

»Wofür?«

»Man bräuchte... Wie alt sind Sie, Baron?«

»Zweiundfünfzig.«

»Man bräuchte zweiundfünfzig Kerzen... Bei uns ist das so Brauch... Alle Lichter werden gelöscht, und...«

Moïse sah ihn streng an. Elie hielt inne, lächelte und war still. Doch fünf Minuten später quasselte er schon wieder.

»Wenn es die notwendigen Zutaten gegeben hätte, hatte ich Ihnen türkisches Gebäck gemacht. Meine Schwester versteht sich darauf vorzüglich, aber ich bin auch nicht schlecht.«

»Ist das aus Sahne?«

»Aus Blumen. Das ist noch viel delikater.«

»Ich verstehe nicht, wie kann man Blumen essen?«

»Blumenessenz.«

»Hast du keinen Hunger, Antoinette?«

Sie nahm einen Anstandshappen vom Hähnchen. Domb sah zur Wand. Moïse hatte eine tiefe Furche auf seiner Stirn, und nur Valesco bemühte sich zu lächeln.

»Ich möchte, daß sie einmal nach Istanbul kommen. Dann werden Sie mein Gast sein. Ich werde Ihnen die Türkei zeigen.«

»Wissen Sie, bis ich verreisen kann...«, seufzte Monsieur Baron.

»Warum? Mit dem Flugzeug ist man innerhalb eines Tages da.«

Auch Madame Baron versuchte ihn dazu zu bewegen, den Mund zu halten. Sie rührte die Soße und sah ihn dabei fest an, doch er schien nicht zu verstehen.

»Die Türken sind die gastfreundlichsten Menschen der Erde. Sie betreten ein Haus und sind schon dessen Hausherr! Jeder ist bemüht, Ihnen die Wünsche von den Augen abzulesen.«

»Auch wenn Sie gar nicht eingeladen wurden?...« fragte Monsieur Baron naiv.

Er hatte den Satz noch nicht beendet, als Antoinette in ein Lachen ausbrach, an dem sie fast erstickte. Sie mußte aufstehn und spuckte, mit dem Rücken zum Tisch, in die Serviette. Als sie sich wieder setzte, mußte sie immer noch lachen. Sie hatte Tränen in den Augen, und ihr Gesicht hatte sich zu einer komischen Grimasse verzogen.

»Ich könnte Ihnen Beispiele nennen«, fuhr Elie fort, ohne sich aus der Fassung bringen zu lassen. »Mein Vater zum Beispiel: er wurde vor dem Krieg einmal von einem vornehmen russischen Herrn empfangen. Nach der Revolution kam dieser nach Konstantinopel, so hieß es damals noch, und ist fünf Jahre bei uns geblieben.«

Antoinette konnte nicht mehr; man wußte nicht, ob sie lachte oder weinte. Ihr Vater setzte ein strenges Gesicht auf und sagte:

»Benimm dich doch anständig! Monsieur Elie erzählt was... Erzählen Sie weiter, Monsieur Elie.«

»Das sind Dinge, die man nicht versteht im Abendland. Meine Mutter und meine Schwester haben fast alles verloren, aber wenn jemand zu ihnen käme und sagte, er wäre mein Freund...«

»Antoinette!« rief Monsieur Baron wieder. »Wenn ich

keinen Namenstag hätte, würde ich dich ins Bett schicken.«

»Das möchte ich sehen!« erwiderte seine Frau.

Das kam so unerwartet, daß er errötete und weiter aß, ohne zu wissn, was er eigentlich getan hatte.

Monsieur Domb ging als erster, wie immer.

»Die Polen sind aber anders als die Türken«, nahm Monsieur Baron den Faden wieder auf. »Man hat immer den Eindruck, sie tun einem einen Gefallen, wenn sie sich mit einem abgeben. Ich mag auch nicht die Art, wie sie die Juden behandeln, sogar die in ihrem eigenen Land. Monsieur Moïse zum Beispiel ist doch genauso Pole wie er.«

Er sah Moïse an, doch der verzog keine Miene.

»Wo ist deine Mutter?« fragte Monsieur Baron plötzlich besorgt.

Antoinette ging nachsehen. Ihre Mutter weinte im Treppenhaus. Sie schluchzte.

»Laß mich!... Sag ihnen, daß ich gleich wieder reinkomme...«

Nun platzte Antoinette heraus:

»Er muß verschwinden, Mama! Wenn nicht, werde ich gehen. Hast du den Artikel gelesen?«

»Hat er ihn dir auch gezeigt?«

»Er rief mich allein deswegen auf sein Zimmer!«

*... War der Liebhaber dieser Frau...*

Als sie wieder in die Küche kamen, ging Moïse hinaus, und auch Valesco suchte nach einer Entschuldigung, um sich verabschieden zu können. Monsieur Baron hatte eine Flasche Luxemburger Likör aus dem Schrank geholt. Nagéar hatte den Platz gewechselt und saß jetzt neben ihm.

»Auf Ihr Wohl! Auf's Wohl der Türkei!«

»Auf's Wohl Belgiens!«

»Papa hat getrunken«, flüsterte Antoinette.

Die beiden Frauen räumten den Tisch ab, während die Herren weiter tranken. Elie hatte rote Backen, und Monsieur Baron befand sich gerade in der angeregten Verfassung, die seine Frau so gut an ihm kannte.

»Wer hat Ihnen denn gesagt, daß ich mir eine *Parker* wünsche?«

»Ich habe es erraten.«

Sie lachten. Hinter ihnen klapperten Teller und Schüsseln. Madame Baron stocherte ein letztes Mal im Feuer rum und sagte zu Antoinette:

»Geh schlafen! Wir waschen morgen ab.«

Sie blieb, stand neben dem Ofen und gab auf die beiden acht.

»Noch ein Gläschen? Ich habe nicht jeden Tag Namenstag.«

»Sie glauben gar nicht, wie sympathisch Sie mir sind! Ihre Frau auch! Doch das ist etwas ganz anderes. Mit den Frauen ist es immer etwas anderes.«

Er spürte den harten Blick von Madame Baron und bemühte sich, seinen Rausch zu verbergen, doch umsonst.

»Wenn Sie einmal in die Türkei kommen ...«, wiederholte er mit schwerer Zunge.

Und Monsieur Baron, der langsam selbst daran glaubte, unterbrach ihn:

»He! He! He! Warten Sie's ab! Eines Tages ...«

## 10

Valesco hängte wie gewöhnlich seinen runden Handspiegel am Fensterriegel auf, um sich zu rasieren. Er wußte, wie spät es war, denn gerade hatten sich vor der Schule die Kinder aufgestellt, und der Alte, der jeden Morgen die Straßenbahn um fünf nach acht nahm, stand an der Haltestelle. Es waren nur wenige Fußgänger unterwegs, und jedem schwebte eine weiße Atemwolke voran.

Valesco hatte gerade seine linke Wange fertig rasiert, als er sah, wie drei Männer aus der Straßenbahn stiegen und nach den Hausnummern Ausschau hielten. Der Große trug Mantel und Jackett offen. Er hatte eine goldene Uhrkette, sein Hut saß leger auf dem Kopf, und er rauchte eine gebogene Pfeife.

Er war der Chef, das merkte man. Er entdeckte die Nummer dreiundfünfzig und deutete nun mit dem Kinn darauf. Seine Blicke wanderten prüfend über die Hausfront und blieben auf Valesco ruhen, von dem er wohl kaum mehr als einen undeutlichen Schatten hinter den Gardinen erkennen konnte.

Dann wechselte er einige Worte mit dem kleineren seiner Begleiter, einem Mann, nicht alt, nicht jung und mit einem traurigen Schnurrbart, dessen Mantel zu klein war und der seine frierenden Hände tief in seinen Taschen vergraben hatte. Dieser blieb allein, auf der

Stelle tretend, vor dem Lebensmittelgeschäft zurück, während die beiden anderen weggingen.

Einen Moment dachte Valesco, es würde gleich klingeln, denn die beiden Unbekannten waren über die Straße gekommen. Sie gingen jedoch wahrscheinlich um den Häuserblock, um nachzusehen, ob es einen Hinterausgang gab.

Als sie zurückkamen, hatten sie Rauhreif an den Schuhen; sicher waren sie durch das gefrorene Gras des unbebauten Geländes gegangen.

Sie unterhielten sich wieder zu dritt. Der Kleine sah mitleiderregend aus, so durchgefroren war er. Der Große ging nach kurzem Zögern in das Lebensmittelgeschäft und kam erst nach fünf Minuten wieder heraus. Danach zeigte sich alle naselang das verängstigte Gesicht der Lebensmittelhändlerin hinter dem Schaufenster.

»Madame Baron!« rief Valesco die Treppe hinunter.

»Ist es wegen Ihres heißen Wassers?«

»Nein! Kommen Sie einen Moment rauf!«

Als Madame Baron bei ihm am Fenster war, schüttelte der Große dem Kleinen gerade noch die Hand und machte sich selbstzufrieden auf in Richtung Stadt, während der Dritte die Straße überquerte.

»Warum haben Sie mich gerufen?«

»Sehen Sie doch!«

»Ich sehe ja, aber ich verstehe nicht.«

»Ich könnte schwören, daß das Polizisten sind. Der Kleine läßt das Haus nicht aus den Augen, und der andere postiert sich bestimmt hinter dem Haus.

Der Große, der weggegangen ist, das muß der Kommissar sein.«

Madame Baron blieb einige Zeit hinter den Gardinen stehen. Zwei Straßenbahnen waren schon gekommen, doch der Kleine bewegte sich nicht von der Stelle.

»Ist er schon aufgestanden?« fragte Valesco und zeigte nach unten.

»Er schläft. Mein Mann und er haben bis drei Uhr morgens getrunken.«

Dombs Schritte waren auf der Treppe zu hören. Er ging weg.

»Sollte man ihm nicht Bescheid sagen?« fragte Madame Baron unruhig.

»Lassen Sie ihn gehen. Er kann Elie nicht ausstehen.«

Die Haustür öffnete sich. Sie hörten die Schritte des Polen auf dem Gehsteig, und der Kleine zog gleich ein Notizbuch aus der Tasche, sah darin etwas nach und ging ein Stück den anderen Gehweg entlang, um den Studenten besser beobachten zu können.

»Und, was habe ich Ihnen gesagt!«

Er war kaum hundert Meter gegangen, als er sich sicher schien und zu seinem Platz neben dem gußeisernen Pfosten an der Haltestelle zurückkam.

»Lassen Sie mich fertig anziehen«, sagte Valesco.

In der Küche saß Antoinette und frühstückte. Madame Barons erster Gedanke war, ihr nichts zu sagen. Ihre Tochter fragte auch nichts, sondern sah sie nur forschend an, aus Augen, die seit einigen Tagen größer geworden zu sein schienen.

»Ich glaube, es hat alles bald ein Ende«, sagte

Madame Baron leise und nahm ihren Einkaufskorb aus dem Schrank. »Schläft dein Vater noch?«

Antoinette nickte.

»Hoffentlich ist alles vorbei, wenn er wach wird. Vor dem Haus steht ein Beamter der Sûreté und hinter dem Haus noch einer.«

Das Mädchen kniff die Augen zusammen und hörte auf zu kauen.

»Ich überlege, ob man ihm Bescheid sagen soll... Ich war gerade in seinem Zimmer, um nach dem Feuer zu sehen... Er hat noch nie so geschlafen... Man riecht, daß er getrunken hat... Er liegt auf dem Bauch und schnarcht.«

Madame Baron hatte eine Idee. Sie stieg zwei Treppen hoch und klopfte leise an die Tür von Moïse. Er öffnete, noch ungekämmt, den Kragen seines Mantels hochgeschlagen. Er arbeitete schon.

»Pst!« machte sie und zeigte auf die Wand, hinter der ihr Mann schlief. Sie öffnete das Dachfenster, doch wegen des Simses konnte man den gegenüberliegenden Gehweg nicht sehen.

»Würden Sie einen Moment mit herunterkommen?«

Moïse folgte ihr in die erste Etage, wo sie die Tür zu Valescos Zimmer aufmachte. Der hatte sich inzwischen angezogen und war wieder auf seinem Posten hinter der Gardine.

»Ist er noch da?«

Sie sprachen instinktiv leise, wie in einem Trauerhaus. Madame Baron zeigte auf den Kleinen im schwarzen Mantel, der sich immer noch die Füße vertrat und das Haus nicht aus den Augen ließ.

»Ein Kriminalbeamter. Hinterm Haus ist noch einer.«

Moïse vermied es, Elies Namen auszusprechen.

»Weiß *er* es schon?«

»Er schläft. Er war dermaßen besoffen, daß er nicht einmal mehr seine Schuhe ausziehen konnte.«

Antoinette war hereingekommen und beobachtete vom anderen Fenster aus den Polizisten, dessen Schultern immer absackten, wenn er seine Hände tief in die Taschen boxte.

»Wir bleiben besser nicht hier«, entschied Madame Baron. »Komm, Antoinette!«

Moïse ging ihnen voran.

»Behalten Sie ihn im Auge, Monsieur Valesco?«

Er gab ein bejahendes Zeichen. In der Küche schenkte Madame Baron dem polnischen Juden eine Tasse Kaffee ein.

»Trinken Sie, solange er noch heiß ist... Und jetzt sagen Sie mir, was Sie an meiner Stelle tun würden!«

Anders, als zu erwarten war, regte sich niemand auf. Im Gegenteil, alle waren ruhig, doch es war eine bedrückende Stille. Madame Baron mußte an den Einmarsch der Deutschen in Charleroi denken: wie sie mit etwa zwanzig Nachbarn in den Kellern zusammengehockt hatte. Niemand hatte gewußt, was zu tun war. Sie hatten gewartet, sie wußten nicht, was passieren würde, nur von Zeit zu Zeit hatte sich jemand ans Kellerfenster gestellt und einer vorbeigaloppierenden Ulanen-Stafette nachgesehen.

»Wer mir am meisten Sorgen macht, ist mein Mann. Wer weiß, zu was er imstande ist, wenn er plötzlich alles erfährt.«

»Wann fängt sein Dienst an?« fragte Antoinette.

»Um drei Uhr. Er muß weiterschlafen! Meinen Sie nicht, Monsieur Moïse, daß man den Jungen warnen sollte? Aber ich habe nicht den Mut dazu. Wenn ich mir vorstelle, daß es sicher das letzte Mal ist, daß er so ruhig schläft.«

»Sind Sie sicher, daß dieser Mann von der Polizei ist?«

»Monsieur Valesco hat es gesagt.«

Moïse kramte in seinen Taschen und sagte errötend:

»Geben Sie mir einen Franc!«

Im nächsten Moment ging er aus dem Haus und ließ die Tür angelehnt. Valesco sah vom ersten Stock aus zu, wie er über die Straße lief und wie der Kleine gleich sein Notizbuch zückte.

Moïse ging in das Lebensmittelgeschäft. Man konnte ihn hinter der gräulichen Scheibe erkennen. Er blieb recht lange, und der Wachtposten blätterte in seinem Notizbuch.

Schließlich kam er im Galopp zurück. Valesco kam neugierig runter.

Moïse legte ein in weißes Papier eingeschlagenes Stück Käse auf den Tisch und nickte.

»Es ist tatsächlich die Polizei. Der Große, der weggegangen ist, hat gefragt, ob Sie seit ungefähr zwei Wochen einen neuen Untermieter haben. Die Frau hat geantwortet, daß sie es nicht wüßte, aber daß es möglich sei, da in dem Zimmer im Erdgeschoß manchmal Licht brennen würde.«

»Trinken Sie eine Tasse heißen Kaffee, Monsieur

Valesco. Antoinette, hol mal die Flasche Rum! Das wird uns allen guttun...«

Es war ein sonniger Tag. Auf der weißen Mauer im Hof war ein großer dreieckiger Lichtfleck. Der Eisblock, der den Porzellankrug von Moïse gesprengt hatte, stand immer noch, kaum geschmolzen, in einer Ecke.

»Ich gehe nachsehen, ob er schon wach ist...«

Madame Baron näherte sich auf Zehenspitzen Elies Bett. Er hatte die Decke weggestrampelt und schlief immer noch. Er hörte nichts, betrunken wie er war von dem Likör, dessen Geruch neben dem des Ofens und des Linoleums im Zimmer hing.

»Und?« fragte Antoinette, als ihre Mutter in die Küche zurückkam.

»Er schläft immer noch... Ich kann nicht... Wollen Sie sich nicht darum kümmern, Monsieur Moïse?«

Er antwortete nicht. Valesco verdrückte sich, wohl, damit Madame Baron nicht ihn um diesen unangenehmen Gefallen bat. Er ging zurück zu seinem Beobachtungsposten hinter den Vorhängen seines Zimmers.

Die Straße war fast menschenleer. Manchmal fuhr eine Straßenbahn vorbei – sie schien heller, wegen der Sonne –, mit Eisblumen auf den Fenstern. Von links hörte man die Trompete des Gemüsehändlers. Der kleine Mann hatte eine Pfeife angezündet, und der Rauch vermischte sich mit seiner Atemwolke.

Alles war still. Die Luft war klar. Die geringsten Geräusche waren, wie auf einem See, weithin zu hören.

Das anhaltende Knirschen ließ vermuten, daß gerade wieder Kippkästen an Seilen über die Straße schwebten. An einer Fabrikausfahrt rangierte eine kleine Lokomotive und unterstrich jede Bewegung mit einem lauten Pfeifen.

Der Polizist schien auf etwas oder jemanden zu warten, denn er sah ständig in Richtung Stadt. Madame Baron schälte ihr Gemüse, und Antoinette, die völlig vergaß, sich um die Zimmer zu kümmern, stand an den Ofen gelehnt und hielt ihren Schal über der Brust zusammen.

Plötzlich murmelte sie:

»Ist es denn sicher, daß hinter dem Haus noch einer steht?«

»Valesco hat gesehen, wie der zweite Polizist dorthin gegangen ist.«

»Wenn nicht, könnte *er* ja über die Mauer springen... Ist er erst einmal hinter den Eisenbahnschienen...«

Seit über einer Stunde stand nun der Wachtposten da. Elie schlief immer noch. In der Küche roch es nach Rum. Sogar Antoinette hatte davon getrunken.

»Bring Monsieur Valesco ein Glas... Sein Ofen ist nicht an.«

Dann wandte sich Madame Baron an Moïse:

»Geben Sie mir einen Rat... Sagen Sie etwas... Wenn Sie wüßten, in welcher Verfassung ich bin... Ich nehme mich so zusammen, wegen Antoinette...«

Sie verzog das Gesicht, aber es gelang ihr, nicht zu weinen.

»Hören Sie!«

Sie war ruckartig aufgestanden und horchte. Ein Auto hatte vor der Tür angehalten. Man hörte energische Schritte auf dem Gehweg, dann, wie am Briefkasten geklappert wurde.

»Gehen Sie öffnen!«

Die Tür blieb kaum eine Sekunde offen, gerade lange genug, um ein Taxi zu erkennen, das am Straßenrand in der Sonne stand. Jetzt klapperten hohe Absätze im Korridor.

Es war Sylvie. Umgeben von einem Schwall Kälte kam sie in die Küche und platzte ohne jede Begrüßung heraus:

»Ist er weg?«

Moïse war diskret draußen geblieben, doch Madame Baron rief ihn herein, vielleicht, weil sie Angst hatte, mit ihrer Tochter allein zu sein. Sylvie knöpfte ihren Mantel auf und schenkte sich, ohne lange nach einem sauberen Glas zu suchen, Rum ein.

»Ist er immer noch hier? Hat Antoinette meinen Brief nicht bekommen?«

»Pst! Dein Vater ...«

Sie begriff, daß ihr Vater von nichts wußte, hielt sich jedoch nicht weiter bei diesem Problem auf.

»Sie sind doch hoffentlich noch nicht hier?«

»Seit heute morgen steht ein Polizist auf der Straße und ein anderer hinter dem Haus.«

»Aus Brüssel?«

»Ich weiß nicht. Sie rühren sich nicht von der Stelle. Monsieur Valesco beobachtet sie von seinem Fenster im ersten Stock.«

Sylvie ging hoch, betrat, ohne zu klopfen, das Zimmer und näherte sich dem Fenster. Der Rumäne ging gleich zur Seite.

»Ist es der Kleine da?«

»Ja. Er notiert gerade die Nummer Ihres Taxis.«

Sylvie hatte den Wagen warten lassen, und der Chauffeur ging vor dem Haus auf und ab.

»Kommen Sie aus Brüssel?«

Sie ging ohne zu antworten wieder aus dem Zimmer. Ihre Bewegungen waren alle von der gleichen Zielstrebigkeit. Sie begegnete ihrer Schwester auf der Treppe, ging jedoch wortlos an ihr vorbei.

Beeindruckt verfolgte Madame Baron von der Küche aus, was sie machte.

»Ich frage mich bloß, was sie tun wird?« seufzte sie.

Moïse antwortete:

»Das weiß sie besser als wir.«

Alles zuckte zusammen, in der Küche genauso wie im ersten Stock, als die Tür zum Vorderzimmer aufgestoßen wurde. Doch Sylvie zog sie hinter sich wieder zu, und man hörte nichts mehr.

Elie bewegte sich im Schlaf. Die Sonne schien ins Zimmer, und er hielt sich eine Hand vor die Augen.

»Steh auf, schnell!« sagte Sylvie und rüttelte an seinem Handgelenk.

Er stieß einen Seufzer aus, brummte etwas und schlug schließlich die Augen auf.

»Was ist?«

Er runzelte die Stirn, denn er hatte Kopfschmerzen und konnte sich nicht mehr erinnern, was am Vorabend passiert war. Er hatte eine belegte Zunge und glaubte seinen steifen Hals wieder zu spüren.

»Was habe ich dir ausrichten lassen?«

Sie sprach schroff, und ihr Blick war überhaupt nicht liebevoll. Er sah, wie die Sonne in ihrem Haar spielte und an ihrem Pelz entlangglitt.

»Hast du immer noch nicht verstanden? Aufstehen! Sie werden dich jeden Moment holen kommen.«

Er war mit der Behendigkeit eines Äffchens aufgesprungen und sah sie mißtrauisch an.

»Was sagst du?«

»Stell dich nicht dumm... Ich habe gesagt, daß es aus ist, daß sie kommen.«

Nagéars Gesicht wurde haßerfüllt und drohend.

»Du hast mich also verpfiffen, nicht wahr?«

»Ich wiederhole, spiel nicht den Dummen! Du solltest dich lieber anziehen.«

»Du lügst!« schrie er dann plötzlich, als hätte er begriffen. »Ich verstehe! Du willst, daß ich weggehe, und deshalb...«

Er sah das Taxi am Straßenrand und ging zum Fenster.

»Schau mal auf die andere Straßenseite, neben der Haltestelle. Der Kerl dort ist von der Sûreté...«

Elie hatte die Situation noch nicht ganz erfaßt. Er goß Wasser in ein Glas, spülte sich den Mund damit und spuckte es ins Waschbecken. Er war schmal und blaß. Es war ihr noch nie so aufgefallen, wie unregelmäßig seine Gesichtszüge waren.

»Nun ist mir alles klar!«

»Um so besser! Dann zieh dich an...«

»Du hast mich also verpfiffen, damit du eine Prämie kriegst.«

»Idiot!«

»Ich hätte gleich mißtrauisch werden sollen, als du mich in dieses Haus geschickt hast...«

Sie war nahe daran, ihm eine Ohrfeige zu geben; wenn sie es nicht tat, so nur deshalb, weil er so mickrig aussah in seinem zerknitterten Pyjama.

»Zieh dich an!«

»Ich tue, was mir paßt... Und Gott weiß, was ich gerne tun würde.«

Er sah sie von unten herauf an, um abzuschätzen, welche Wirkung diese Drohung auf sie hatte, doch Sylvie, immer noch in ihren Pelzmantel gehüllt, hatte sich auf's Fensterbrett gestützt und konzentrierte sich auf das, was draußen passierte.

Sie hatte eine Vorladung bekommen. Sie hatte den Vorabend in den Büros der Brüsseler Sûreté verbracht, wo sie drei Männern gegenübersaß, von denen zwei Pfeife rauchten. Der Inspektor, der sie schon im ›Merry Grill‹ verhört hatte, saß auf einer Ecke des Tisches, neben ihm ein belgischer Kommissar, und ein Inspektor aus Paris lief ständig von einer Wand zur anderen.

»Setzen Sie sich und sagen Sie uns, warum Sie gelogen haben.«

Einen Moment lang hatte sie die Dokumente angesehen, die auf dem Tisch ausgebreitet lagen, und hatte Zeit genug, darunter auch ein Papier mit dem Briefkopf des ›Café de la Gare‹ aus Charleroi auszumachen.

Es war ihr gelungen zu lächeln, ohne Ironie, ohne Provokation, einfach zu lächeln, so wie man einen Freund anlächelt.

»An meiner Stelle hätten Sie dasselbe getan«, sagte sie.

Die drei Männer hatten sich angesehen und mußten nun ihrerseits lächeln.

Seit drei Tagen hatte Sylvie mit dieser Szene gerechnet. Der Portier des ›Palace‹ hatte gesehen, wie sie die Koffer von Nagéar weggebracht hatte, auch der Gepäckträger, der die Koffer in ein Taxi geladen hatte, und da es immer die gleichen Wagen sind, die vor den großen Hotels stehen, hatten sie eine Spur, und der brauchten sie nur zu folgen. Die Spur führte nach Charleroi, ins ›Café de la Gare‹ und von da aus in die Rue du Laveu, Hausnummer dreiundfünfzig.

»Ist er noch bei Ihren Eltern?«

»Das weiß ich nicht. Ich gebe Ihnen mein Wort.«

»Wissen Sie, daß wir Sie wegen Beihilfe festnehmen können?«

Sie hatte einen Augenaufschlag riskiert und wieder gelächelt.

»Ich habe gehandelt, wie jeder andere an meiner Stelle gehandelt hätte. Ich kann Ihnen nur noch versichern, daß meine Eltern keine Ahnung haben.«

Das war alles. Die drei Männer hatten sich angesehen. Sie hatten keine Fragen mehr. Sie überlegten nur, ob sie sie gehen lassen sollten. Der Franzose zuckte die Achseln, um anzudeuten, daß er keine Einwände hätte.

»Sie können gehen! Aber halten Sie sich zu unserer Verfügung.«

»Kann ich nach Charleroi fahren?«

Sie berieten sich.

»Wenn Ihnen so viel daran liegt.«

Es war inzwischen elf Uhr nachts. Sylvie wußte, daß sie, sobald sie aus der Tür war, in Charleroi anrufen würden, um das Haus bewachen zu lassen, wenn es nicht schon überwacht wurde. Sie war zum ›Merry Grill‹ gegangen und hatte nur leise einige Worte mit Jacqueline gewechselt; dann hatten sie getanzt, mit einem Reeder aus Antwerpen Champagner getrunken und sich im Morgengrauen umgezogen.

Elie sah sie gehässig und wütend an. Er sah sie im Profil, sah ihr helles Haar in der Sonne und die korrekt sitzende Naht ihrer Seidenstrümpfe.

»Zieh dich an!« wiederholte sie gelassen.

Sie erhob sich, öffnete die Tür, zog sie hinter sich wieder zu und ging in die Küche. Sie begegnete dem fragenden Blick ihrer Mutter.

»Er zieht sich an«, antwortete sie.

»Was hat er gesagt?«

Antoinette war auch in der Küche. Sie hatte fiebrig glänzende Augen und preßte die Lippen zusammen.

»Was soll er denn gesagt haben?«

Sie wärmte sich die Hände am Ofen. Valesco kam herunter und schüttete sich Rum ein. Alles erinnerte an den Kriegsausbruch, als es auf die kleinen Dinge des Lebens nicht mehr ankam.

»Er rührt sich nicht von der Stelle«, berichtete der Rumäne. »Seine Nase ist jetzt nicht mehr so rot, denn er steht in der Sonne.«

Er sah auf die Uhr. Es war halb elf. Es stand noch kein Topf auf dem Herd, und Madame Baron dachte gar nicht mehr daran, ihr Gemüse weiter zu putzen.

»Wenn nur dein Vater nicht aufwacht! Geh mal nachsehen, Antoinette!«

Antoinette gehorchte. Sie ging auf Zehenspitzen.

»Glaubt ihr, daß es gar keine Möglichkeit gibt?...«

Ganz schüchtern hatte Madame Baron das gesagt und den Kopf dabei weggedreht.

»Wir sollten auf keinen Fall etwas tun!« erwiderte Sylvie.

»Wenn hinten kein Polizist stände...«, überlegte Valesco. »Aber sie haben ihre Vorkehrungen getroffen.«

Manchmal, wenn aus Elies Zimmer ein Geräusch kam, zuckte jemand zusammen. Valesco räsonierte weiter:

»Ich wüßte schon, was ich an seiner Stelle täte.«

Madame Baron sah ihm in die Augen:

»Was würden Sie tun?«

Er machte mit der Hand eine Bewegung, als würde er sich eine Kugel in den Kopf schießen. Madame Baron seufzte auf und schenkte sich Rum nach. Niemand hatte darauf geachtet, wieviel getrunken wurde, doch die Flasche war halb leer. Antoinette kam wieder herunter.

»Vater hat mich nach der Uhrzeit gefragt. Ich habe ihm gesagt, es sei erst acht Uhr, da ist er wieder eingeschlafen.«

Die beiden Frauen vermieden es, Sylvie anzusehen, die als einzige ruhig blieb. Ganz anders Moïse, der sie oft aus den Augenwinkeln ansah, um alsbald den Blick wieder abzuwenden.

»Pst!... Er kommt.«

Die Tür ging auf. Die Sonne schien durch das Fensterchen über der Haustür und erhellte den Flur. In diesem Lichtnebel zeichnete sich Elies Umriß ab. Er war einen Moment lang stehengeblieben und ging dann zur Küchentür. Antoinette hielt sie ihm auf.

Man hörte keinen Mucks mehr. Nur Madame Baron schluchzte plötzlich auf und schlug die Hände vors Gesicht.

Allen schien, als wäre dieser Mann nicht mehr der gleiche wie noch vor ein paar Tagen. Er war beängstigend gelassen, er hatte tiefe Ringe unter den Augen, die nun ganz langsam von einem zum anderen wanderten, und seine Lippen waren trotzig zusammengepreßt.

»Zufrieden?« höhnte er und streckte die Hand zur Flasche aus.

Noch nie war die Küche so eng gewesen. Sie standen einander gegenüber und fixierten sich gegenseitig. Die Sonne hatte inzwischen den Eisblock erreicht und Antoinette, die am Fenster stand, sah dort einen kleinen Regenbogen.

»Schweig!« befahl ihm Sylvie.

Elie stand der Schweiß auf der Oberlippe, und er hatte sich beim Rasieren ins Kinn geschnitten. Er trug den grauen Anzug, den er schon an Bord der ›Théophile Gautier‹ getragen hatte.

Er sah ebenfalls auf den Hof hinaus, ließ seinen Blick die Mauer hochwandern, über der der Himmel leuchtend blau war. Madame Baron schluchzte erneut auf:

»Seid ihr denn sicher, daß man nichts machen kann?«

Sie wagte nicht, Elie anzusehen. Moïse wandte sich ab. Valesco verließ die Küche und ging in sein Zimmer.

»Man kann nichts machen«, stellte Sylvie fest. »Wenn es etwas gäbe, hätte ich es schon getan.«

Warum ging Elie bloß auf Antoinette zu. Sie vermochte sich kaum zu rühren. Er sah ihr so eigenartig in die Augen, daß sie, als er zudem noch nach ihrer Schulter tastete, einen Schrei ausstieß und sich ihrer Mutter in die Arme warf.

Valesco kam die Treppe heruntergestürzt und keuchte:

»Sie sind da!«

Ein Motor brummte vor der Tür. Man hörte Schritte, Stimmen. Elie drehte sich so ruckartig um, daß alle Angst bekamen, und als es klingelte, stürzte er die Treppe hinauf.

»Dein Vater!« stöhnte Madame Baron, die ihre Tochter umklammert hielt.

Valesco wollte nicht aufmachen. Sylvie ging zur Tür. Man konnte die Umrisse dreier Personen im hellen, von der Tür eingerahmten Gegenlicht stehen sehen.

»Schon da!« scherzte der eine. »Sie haben doch hoffentlich keine Dummheiten gemacht!«

Der Inspektor, der sie im ›Merry Grill‹ verhört hatte, öffnete eigenmächtig die erste Tür, sah die Koffer mit den Initialien E. N. und bückte sich, um unter dem Bett nachzusehen.

»Wo ist er?«

Der Franzose stand rauchend auf der Türschwelle, als würde ihn die ganze Sache gar nicht interessieren.

»Da oben«, antwortete Sylvie.

Sie konnten Madame Baron und ihre Tochter im Zwielicht der Küche erkennen, während diese sahen, wie der Kommissar einen Revolver aus der Tasche zog und entsicherte.

»Gehen Sie vor!«

Das hatte Sylvie gegolten. Sie ging ohne zu zögern die Treppe hoch. Im ersten Stock blieb sie stehen, öffnete das Zimmer von Domb, dann das von Valesco. Beide waren leer.

Der Kleine von der Straße war auch nähergekommen. Seine Hand steckte in der Tasche, umklammerte jetzt ebenfalls einen Revolver.

»Nur Mut!« sagte Valesco automatisch.

Madame Baron versuchte zu lächeln und strich über die roten Haare von Antoinette, die angestrengt all die Geräusche in sich aufnahm, die im Haus zu hören waren.

»Hört mal!« sagte sie.

Sylvie und die beiden Männer waren ganz oben, und plötzlich gab es einen Schrei, Gepolter, Möbel kippten um und Glas klirrte.

Dann, fast leise, Schritte einer einzelnen Person, die die Treppe herunterkam. Es war Sylvie. Sie kam in die Küche, ganz bleich, und lehnte die Stirn ans Fenster. Ihr Atem ließ die Scheiben beschlagen.

»Was machen sie?«

»Er hat sich im Gebälk versteckt.«

Das Gepolter ging weiter, begleitet vom Geschrei.

»Er ist wie ein Verrückter«, erzählte Sylvie, noch außer Atem. »Sie wälzen sich zu dritt auf dem Boden.«

Sie drehte den Wasserhahn auf, tränkte ihr Taschentuch und hielt es sich an die Stirn.

»Antoinette!« schrie die Mutter auf.

Moïse war gerade noch rechtzeitig zur Stelle, als Antoinette ohnmächtig zu Boden sank.

»Legt sie auf den Tisch!«

Valesco warf die Rumflasche um. Ein Glas fiel zu Boden. Niemand wußte recht, was zu tun war.

»Essig!«

Im gleichen Moment schwoll der Lärm im Treppenhaus an. Madame Baron sah abwechselnd zu ihrer Tochter und durch die Glastür in den Korridor. Sie sah Elie von hinten, aber er sah irgendwie anders aus, und es dauerte eine Weile, bis sie bemerkte, daß er Handschellen trug.

»Sie kommt wieder zu sich«, sagte Moïse, über Antoinette gebeugt.

Doch Madame Baron stürzte zum Korridor, gefolgt von Sylvie, die schrie:

»Mama!«

Die drei Männer hielten sie fest. Sie war zwei Meter von Elie entfernt. Weiter ließ man sie nicht heran. Sie war außerstande, ein Wort herauszubringen.

Nagéar war blutüberströmt. Sie Haare klebten an seiner Stirn, er hatte Nasenbluten und rollte, wie irre, mit den Augen. Er starrte um sich, nicht wie ein Mensch, eher wie ein Raubtier. Er schien niemanden zu erkennen.

»Warten Sie...«, schluchzte Madame Baron. »So kann er doch nicht gehen!«

Sie ging in sein Zimmer, obwohl ihr Mann auf der Treppe stand.

Der Kommissar hatte sich mit einem Taschentuch seine blutende Hand verbunden.

»Holen Sie sein Gepäck!« sagte er zu dem kleinen Polizisten, der inzwischen dazugekommen war.

Madame Baron kam mit einem nassen Handtuch zurück. Es hatte nur ein paar Sekunden gedauert.

Schon standen Schaulustige draußen auf dem Gehweg. Ein Junge hatte sich auf das Fenstersims hochgezogen und guckte in das Zimmer.

Elie ließ es geschehen, daß Madame Baron ihm das Handtuch auf's Gesicht legte, doch das Blut ließ sich nicht stillen.

»Lassen Sie!« griff der Kommissar ein und stieß sie leicht an. »Haltet die Leute zurück!«

Man hörte:

»Zurücktreten, bitte! ... Zurück! ... Hier gibt's nichts zu sehen.«

Monsieur Barons Gang hatte etwas automatenhaftes, wie er die Treppe herunterkam. Er wußte überhaupt nicht, was los war. Seine nackten Füße steckten in Latschen, und er trug nur ein Unterhemd und eine Hose.

»Zurückbleiben, habe ich gesagt.«

Nagéar ließ den Polizisten, der seine Koffer trug, vorbei, und ging von selbst durch die Tür. Sylvies Taxi und das Polizeiauto standen noch am Straßenrand.

»Los geht's!«

Aus der Küche kam Geschrei. Valesco stand mitten im Flur und rührte sich nicht vom Fleck. Madame Baron stand stumpfsinnig da und hielt das blutige Handtuch in der Hand.

Der Rest ging sehr schnell. Die Männer traten ins Sonnenlicht hinaus und verschwanden im Auto. Der Franzose setzte sich neben den Fahrer, und die Tür schlug zu, während die Neugierigen dem bereits anfahrenden Auto hinterherliefen.

Niemand achtete auf Sylvie, die flüchtig ihre Mutter umarmte und in ihr Taxi stieg.

Das war's. Die Leute drängelten sich um den Hauseingang, und Madame Baron machte die Tür zu. Sie war so kraftlos und niedergeschlagen, daß sie krank aussah. Ihr Mann warf einen neugierigen Blick in das leere Zimmer, wo rötliches Wasser im Waschbecken war.

»Was ist denn passiert?«

Moïse kam dann die rettende Idee, die Fensterläden zu schließen, denn die Jungen kletterten immer noch aufs Fensterbrett. Valesco versuchte, nicht mehr an seine dreihundert Franc zu denken.

Am Vorabend hatte man die Blumen in einen Eimer, hinter die Tür zum Hof, gestellt, damit sie nicht verwelkten. Nun mußte man sie wegwerfen, da das Wasser gefroren war.

## 11

Einige Kilometer vor La Rochelle überholte ein großer offener Wagen mit Kameraleuten eine Fahrzeugkolonne. Sie bestand aus dreiundfünfzig Gefangenenautos. Dreiundfünfzig Wagen waren aus der Strafanstalt von Fontevrault gekommen und fuhren seitdem in einer Kolonne über die Landstraße.

Das Sonnenlicht überflutete die Landschaft. Die Dörfer waren hell. In den Türen standen Leute und sahen den fensterlosen Bussen nach, in denen man bewaffnete Wärter erkennen konnte.

Als sie durch La Rochelle fuhren, erhoben sich die Kameraleute und machten von ihrem Auto aus Aufnahmen des Konvois. Dann, in La Pallice, hielten sie am Nordkai an, rechts neben dem Hafenbecken, in dem die Fischerboote dahintrieben.

Die Menschenmenge stand weiter weg, zurückgehalten von Gendarmen. Man hätte eine Drahtzange benötigt, um durch die Absperrung zu kommen. Nur Journalisten und Fotografen durften sich in der Nähe des Schleppers aufhalten, der die Verurteilten zur Insel Ré brachte.

»Wo sind die Stars?« wurde der Polizeichef gefragt.

»Delpierre muß im zweiten Wagen sein.«

Das war ein Schlossergehilfe, der seine Frau und seine fünf Kinder mit einer Axt umgebracht hatte.

»Und Nagéar?«

»Vierter oder fünfter Wagen.«

Man deutete auf eine weibliche Gestalt in der ersten Reihe der Menge. Ein Fotograf stürzte auf die junge Frau in Grau zu, die starr geradeaus sah, doch vor dem Klicken der Kamera gerade noch eine ihrer behandschuhten Hände vors Gesicht halten konnte.

Die Leute, die um sie herum standen und denen sie bisher kaum aufgefallen war, bemerkten, daß sie einen Feldstecher hatte.

»Das ist eine Angehörige«, tuschelten sie.

In der Zwischenzeit war die erste Wagentür geöffnet worden. Heraus kamen, einer nach dem andern, Männer im Straßenanzug. Sie konnten sich kaum bewegen, denn sie hatten Ketten an den Beinen, und Handschellen zwangen sie, ihre Hände zusammenzuhalten.

Mit einem Sack über der Schulter und einem Schwarzbrot unterm Arm, gingen sie langsam durch die Gruppe der Journalisten. Wachen führten sie über den Steg, bis zum Heck des Schiffes, wo sie sich, geblendet vom spiegelnden Meer, hinsetzten.

Doch die meisten Gefangenen gingen in Lumpen und drückten sich ängstlich vorbei, so, als fürchteten sie, Schläge zu bekommen.

Manche jedoch gingen mit trotzig aufgeworfenen Lippen und hatten eine herausfordernde Miene aufgesetzt.

»Achtung!... Das ist...«

Nagéar trug seinen grauen Anzug, einen eleganten Regenmantel und einen weichen Filzhut. Er kümmerte sich nicht um die Menge, sondern konzentrierte sich auf seine Ketten und paßte auf, wo er hintrat. Er ging mit schleppenden Schritten und hatte Mühe, sein rundes Brot festzuhalten.

Als er an Bord war, dicht neben der Brücke, eingezwängt zwischen seinen Kameraden, hob er den Kopf und sah direkt in die Kameras, die auf ihn gerichtet waren; fünfhundert Meter weiter weg drehte eine große junge Frau aufgeregt am Rändelrad ihres Feldstechers.

»Er lächelt«, bemerkt ein Journalist.

War es ein Lächeln? Man konnte es nicht genau sagen. Jetzt unterhielt sich Nagéar mit seinem Nebenmann, einem Alten mit grauen Haaren.

»Ist es sicher, daß sie seine Schwester ist?«

»Sie ist eigens seinetwegen aus Konstantinopel gekommen.«

Es war das erste Mal, daß die Einschiffung der Sträflinge bei so schönem Wetter stattfand. Der Herbst ließ auf sich warten, und das Meer lag ruhig und unschuldig blau da.

Und in acht Tagen, bei der großen Abfahrt, würden die weißen Häuser der Insel Ré lichtüberflutet am Ufer stehen und aussehen wie Laken, die man auf einer Wiese zum Trocknen ausgebreitet hat.

Der Vorhang hob sich zum zweiten Akt. Von Fischerbooten umgeben lag die ›Martinière‹ vor Anker und erwartete die Sträflinge. Sämtliche Hotelzimmer auf der Insel waren besetzt. In den Cafés traf man ständig auf Journalisten. Auf den Billardtischen lagen überall Fotoapparate.

»Sind Verwandte da?« wurde gefragt.

»Zigeuner ...«

Eine ganze Zigeunersippe war zu Fuß aus Südfrankreich gekommen, um bei der Abfahrt ihres Vaters dabei zu sein. Sie kampierten unmittelbar vor der Bastion, und den ganzen Tag lang streunten Frauen und scheue Kinder herum, ohne mit jemandem zu sprechen.

»Die Schwester von Nagéar ist auch da.«

Sie war im besten Hotel abgestiegen, und auch sie lief stundenlang am Hafen herum. Sie trug die ganze Zeit ein graues Kostüm und Handschuhe. Sie aß alleine am Ende der Table d'hôte, und drei- oder viermal sah man, wie sie mit einem bewaffneten Gefängniswärter sprach.

»Sie versucht wahrscheinlich, ihm Geld zuzuschieben.«

Das stimmte. Und obwohl sich keiner darauf einließ, versuchte sie es immer wieder. Sie wandte sich sogar an einen Journalisten.

»Sie werden doch bei der Abfahrt in der ersten Reihe stehen, nicht wahr? Es müßte Ihnen doch möglich sein, ihm etwas zuzustecken...«

Sie verstand nicht, warum man ihr diese Bitte abschlug und sah ihre Gesprächspartner mit Verachtung an. Sie scheute sich noch nicht einmal, den Direktor des Zuchthauses von Saint-Martin auf der Straße anzusprechen. Er hatte den Hut zum Gruß gezogen, doch die Unterhaltung hatte kaum begonnen, da grüßte er erneut und entfernte sich.

Sie ließ sich nicht entmutigen. Sie sprach die Leute an, als seien sie zu nichts anderem da, als ihr Auskünfte zu geben.

»Wo werden sie vorbeigehen? Wo dürfen sich die Zuschauer aufhalten?«

Man sagte ihr, daß man in den Straßen, durch die die Sträflinge kommen würden, Fensterplätze mieten könne. Sie reservierte sich einen, doch als sie erfuhr, daß die Fensterläden geschlossen bleiben müßten, wollte sie ihr Geld zurückhaben.

Zwei sehr gut gekleidete Herren, die ihr unauffällig gefolgt waren, nahmen dann das Fenster, das sie verschmähte. Der eine war Chef eines Bordells in Marseille und der andere der Bruder eines Verurteilten.

Jeder war mit jedem vom Sehen bekannt. Zehnmal am Tag lief man sich im Hafen über den Weg. Jedoch am letzten Morgen kam noch eine Frau in Schwarz mit der Fähre aus La Rochelle und schaute verloren um sich.

»Fahren hier die Sträflinge ab?« fragte sie den Erstbesten. »Sie sind doch noch nicht weg, oder?«

Sie trug einen kleinen Koffer mit sich herum, aus dem sie gegen Mittag, als sie sich auf der Hafenmauer ausruhte, Proviant hervorholte.

Nagéars Schwester ging mehrmals nahe an ihr vorbei und sah sie neugierig an. Zur gleichen Zeit mußten sich im Gefängnishof die Sträflinge zum Appell aufstellen.

In einem anderen Hof erhielten die diensthabenden Soldaten und Gendarmen ebenfalls ihre letzten Instruktionen.

Die Gebäude waren grau, vom fahlen Grau alten französischen Steins, und über den Köpfen hatte der Himmel sein zartes Blau ausgebreitet.

Dort, wo man nur mit Passierschein vorbeidurfte, hatten sich Polizeiketten formiert, und Esther, in ihrem grauen Kostüm, stritt mit den Männern in Uniform.

»Wenn ich Ihnen doch sage... ich *muß* durch!« schrie sie.

Und zu einer schattigen Tamariskenallee zeigend:

»Kommen sie von da?«

»Ja.«

Sie hatte eine niedrige Gartenmauer entdeckt und ging um den Häuserblock.

Es war genau ein Uhr, als sich das Tor der Strafanstalt öffnete und die schwarzen Gestalten der Honoratioren heraustraten.

Hinter ihnen setzte sich der Zug in Bewegung, und die Polizisten auf der Uferstraße hielten die drängelnde Menge zurück.

Der Divisionskommissar sagte zum Präfekten:

»Wir werden sicher die Zigeuner zu sehen bekommen... Man sagt, daß die ganze Sippe zusammengelegt hat.«

Hinter ihnen marschierten siebenhundert Männer, bewacht von schwarzen Schützen, die, gestiefelt und im Gleichschritt, langsam neben ihnen hergingen. Die Gefangenen trugen keine Zivilkleidung mehr, sondern steckten alle in einheitlich grobem braunem Wollstoff, hatten eine Decke und einen Rucksack auf den Schultern sowie eine seltsame schwarze Mütze auf dem Kopf.

Der Zug näherte sich der kleinen Mauer. Man sah Esthers Kopf. Sie hatte ihren Feldstecher auf die ersten Reihen gerichtet.

»Gendarm! Bringen Sie diese Frau weg!« sagte der Divisionskommissar, ohne aus dem Schritt zu fallen.

Der Polizist hatte sich kaum umgedreht, als der

Kopf verschwand. Der Kommissar erklärte dem Präfekten:

»Das ist die Schwester vom kleinen Nagéar. Sie hat versucht, ihm Geld zukommen zu lassen!«

»Nagéar?« wiederholte sein Begleiter und kramte in seiner Erinnerung.

»Der den Holländer mit dem Schraubenschlüssel umgebracht hat. Im Schnellzug von Brüssel...«

»Ach ja!«

Die Kameras waren auf den Zug gerichtet. Man hatte die Menge etwas zerstreut, als die Zigeuner von weitem denjenigen erkannten, den sie sehen wollten, und plötzlich so schrill losheulten, daß einen Moment lang alles andere unterging.

Hinter den Zuschauerreihen lief aufgeregt die Frau in Schwarz hin und her, stellte sich vergeblich auf die Zehenspitzen und zog die Leute am Arm.

»Kann man sie sehen, Monsieur?... Sagen Sie doch?... Ich bitte Sie, lassen Sie mich durch!«

Sie versuchte es ein Stück weiter, stieß jedoch auch hier nur auf eine Wand von Menschen.

»Ich flehe Sie an, Monsieur!... Sagen Sie mir wenigstens, was sie machen... Fahren sie ab?«

Mit hastigen Schritten liefen einige Leute an ihr vorbei. Es waren die Kameraleute. Sie hatten eine Barkasse gemietet, um die Einschiffung aus der Nähe mitzubekommen. Sie wollten gerade abfahren. Der Motor lief bereits.

»Warten Sie!« rief die Frau in Schwarz.

Sie zögerten und überlegten, wer sie wohl sei und was sie wolle.

»Warten Sie auf mich!... Ich komme mit!«

»Das ist unmöglich, Madame... Wir...«

Doch sie hatte ihren Koffer bereits abgestellt, war in die Hocke gegangen und streckte die Arme aus, um ins Boot zu springen.

»Ich sage Ihnen, es geht nicht!«

Die Barkasse legte ab. Sie sprang dennoch und landete in den Armen eines Journalisten, der nicht wußte, was er nun machen sollte.

»Fahren Sie zu!... Es ist höchste Zeit!«

»Mein Koffer...«, sagte sie noch.

Doch man konnte sich nicht um ihren Koffer kümmern, der allein auf der Kaimauer zurückblieb. Die drei Schlepper mit den Gefangenen fuhren gerade los. Man mußte vor ihnen wegkommen.

Die Frau hatte sich etwas unsicher hingesetzt, denn das Boot schaukelte.

»Kennen Sie sie?« fragte sie ihren Nachbarn, der gerade einen Film einlegte.

»Einige.«

»Haben Sie einen ziemlich jungen gesehen, mit braunen Haaren?«

»Wenn Sie mir seinen Namen sagen?«

Sie verstummte. Sie fuhren dicht an den drei Schleppern vorbei. Hunderte von Gefangenen sahen zu der Barke, die Kurs auf das vor Anker liegende Schiff nahm.

»Ja. Jetzt sind sie nur noch eine Nummer.«

Der Käptn raunte einem Journalisten zu:

»Das muß eine Verwandte sein. Passen Sie auf, daß sie keine Dummheiten macht! Es gab schon welche, die haben sich umgebracht...«

Die Information wurde weitergegeben, und alle sahen zu dieser Frau, der das ganz gleichgültig zu sein schien.

»Sind Sie wegen eines Verurteilten hier?«

Sie schüttelte mißmutig den Kopf, ohne daß man daraus ein Ja oder Nein hätte entnehmen können.

»Vielleicht können wir Ihnen eine Auskunft geben. Wir sind von der Presse.«

»Sie sind sehr unglücklich dort unten? Darf man ihnen Süßigkeiten schicken?«

Sie fuhren im Kielwasser der drei Schlepper. Das Wasser glitzerte. Es waren auch Fischerboote unterwegs, und auf einem saßen Leute, die aßen und Rotwein tranken.

»Kommt man nicht näher dran?« fragte die Frau in Schwarz.

»Die Schlepper sind schneller als wir. Doch wenn die Gefangenen über die Leiter an Bord gehen, können Sie sie sehen.«

»Sie gehen über eine Leiter?«

Sie weinte nicht. Sie war ruhig, und gerade diese Ruhe war es, die alle erschreckte. Der Käptn erzählte:

»Ich hab mal eine gesehen, die hat sich ins Wasser gestürzt, als der Frachter die Anker lichtete.«

Aus Vorsicht wies er seinen Adjutanten an, auf die Frau achtzugeben.

»Warum müssen sie diese Sachen anziehen?« fragte sie mit leiser, matter Stimme.

»Sie kommmen aus Belgien?« fragte ein Kameramann, der ihren Akzent erkannt hatte. »Es sind doch gar keine Belgier dabei.«

Sie antwortete immer noch nicht. Sie trug graue Wollhandschuhe, ihre flachen Schuhe waren frisch besohlt, und ihre Strümpfe waren handgestrickt.

»Was wird aus Ihrem Koffer?«

»Ich weiß es nicht. Ich muß heute abend zurückfahren.«

Das machte ihr keine Sorgen. Sie sah pausenlos zu den drei Schiffen, wo man dicht nebeneinander Hunderte von Köpfen sah, Hunderte gleicher Mützen.

»Wenn ich nur einen Feldstecher hätte...«, seufzte sie.

Der Käptn gab ihr seinen, und sie drehte am Rändelrad, doch ohne zu wissen, wozu es eigentlich diente.

Die ›Martinière‹ kam näher. Eine Yacht mit grazilen jungen Frauen in weißen Kleidern an Bord fuhr an ihnen vorüber.

»Die Einschiffung beginnt», sagte einer.

Einer der Schlepper hatte neben dem Frachter angelegt, und man sah, wie die Männer die Leiter hochkletterten. Als die Barkasse näher ranfahren wollte, stieß ein Schiffshorn das Signal aus, Abstand halten. Der Matrose stand dicht neben der Frau in Schwarz und war bereit, sie notfalls festzuhalten.

Die Zigeuner kamen in einem kleinen Fischerboot heran. Sie standen dichtgedrängt, und einige beschirmten ihre Augen.

Die Kameraleute machten ihre Arbeit.

»Noch eine Aufnahme... Fahren Sie näher ran!«

Der Matrose fragte:

»Haben Sie ihn gesehen?«

Die Frau antwortete nicht. Was sie gesehen hatte,

waren Männer, die sich aus der Ferne alle ähnlich sahen. Doch es war sonnig. Das Meer war schön. Die ›Martinière‹ war weiß gestrichen und sah fast aus wie ein Vergügungsdampfer.

»Kurs auf La Rochelle!« befahl der Kameramann. »Ich darf den Zug nicht verpassen.«

Es würde noch eine ganze Stunde dauern, bis alle, einer nach dem anderen, über das Fallreep das Schiff erklommen hätten. Für das Kino war das zu eintönig. Einige Meter Material genügten.

Niemand kümmerte sich mehr um die Frau in Schwarz, die auf einer Ladeluke saß und unbestimmt lächelnd aufs Meer schaute. Man erinnerte sich ihrer erst wieder, als in La Rochelle angelegt wurde. Sie zückte ein großes, abgegriffenes Portemonnaie und fragte den Käptn:

»Wieviel schulde ich Ihnen?«

»Gar nichts. Diese Herren haben das Boot gemietet.«

Sie bedankte sich mit einem unsicheren Lächeln und fragte:

»Wo ist der Bahnhof?«

»Gehen Sie die Uferstraße entlang, dann stoßen Sie direkt darauf.«

»Danke... Vielen Dank!«

Ein Lächeln lag auf Madame Barons Gesicht, vielleicht nur wegen der Sonne. Man hatte ihr versichert, daß die Überfahrt gut verlaufen würde. Sie stellte sich vor, wie Elie auf der Brücke der ›Martinière‹ stand.

»Sie haben alle eine warme Decke«, dachte sie.

Der Zug ging erst um neun Uhr abends. Es war

gerade sechs. Sie hätte sich die Stadt ansehen oder wenigstens in der Nähe des Bahnhofs spazierengehen können.

Sie zog es vor, sich in den Wartesaal dritter Klasse zu setzen, etwas unsicher, weil sie keinen Koffer mehr zu tragen hatte; der war auf der Insel Ré geblieben. Sie kaufte ein Sandwich an der Theke, aber erst nachdem sie sich nach dem Preis erkundigt hatte.

Sie bemerkte nicht, daß Esther auch da war, die mit der Acht-Uhr-Fähre zurückgekommen war und im Bahnhofrestaurant zu Abend aß.

Später stiegen sie beide in den Zug, die eine in ein Abteil zweiter Klasse, die andere in eins der dritten Klasse. Dort traf Madame Baron einen Bahnangestellten, dem sie erzählte, daß ihr Mann Zugbegleiter in Belgien sei, und der ihr ab Niort einen Platz in einem freien Abteil der ersten Klasse anbot.